川端康成

睡美人
湖

[日本] 川端康成 著
叶宗敏 译

译林出版社

图书在版编目（CIP）数据

睡美人　湖 /（日）川端康成著 ; 叶宗敏译.
南京 : 译林出版社, 2025. 5. --（川端康成精选集）.
ISBN 978-7-5753-0568-6

Ⅰ. I313.45

中国国家版本馆CIP数据核字第20257T9M05号

睡美人　湖　[日本]川端康成 / 著　叶宗敏 / 译

责任编辑　韩继坤
装帧设计　吴　悠
校　　对　梅　娟　王　敏
责任印制　颜　亮

出版发行　译林出版社
地　　址　南京市湖南路1号A楼
邮　　箱　yilin@yilin.com
网　　址　www.yilin.com
市场热线　025-86633278
排　　版　南京展望文化发展有限公司
印　　刷　徐州绪权印刷有限公司
开　　本　787毫米 ×1092毫米　1/32
印　　张　8.125
插　　页　2
版　　次　2025年5月第1版
印　　次　2025年5月第1次印刷
书　　号　ISBN 978-7-5753-0568-6
定　　价　45.00元

美丽日本中的我[1]

川端康成

春花夏杜鹃，秋月冬凉雪。

这首和歌题名《本来面目》，为道元禅师[2]（1200—1253）所作。另有一首出自明惠上人[3]（1173—1232）的和歌：

冬月出云伴我身，可染朔风寒飞雪？

受邀题字时，我常手书这两首和歌相赠。

1 此为川端康成在1968年诺贝尔文学奖授奖仪式上的演讲，译自讲谈社1969年版《美丽日本中的我》。

2 日本佛教曹洞宗创始人，曾在中国受禅法。著有《学道用心集》等。

3 日本佛教华严宗僧人。

明惠上人的这首还附有一篇堪称和歌物语的详尽长序，借以阐明诗中的心境。

元仁元年（1224）十二月十二日夜，天昏月暗，入花宫殿禅坐。渐至中夜，出定后，自峰顶禅房返回下房。此时，月出云间，清辉照雪。虽狼嚎谷间，有月为伴，心无恐。至下房，起身再出，见月又入云。闻后夜钟声，重上峰房，月复出云，与我伴行。抵峰顶，将入禅堂时，月逐云而去，欲隐山后，似默随我身。

这首和歌后，还附有一段文字：

至峰顶禅堂，见月斜山头。

吾向山端月亦随，诚愿夜夜作友陪。

明惠在禅堂彻夜修禅，或是于天明前再入禅堂时又作：

观禅间开目，但见晓月清光，照落窗前。身在暗处，举目遥望，心澈生辉，仿若与月光相映相融。

心明洞彻无遮碍，月见却疑清辉在。

西行[1]素有“樱花诗人”之称，明惠则被冠以“咏月歌人”

---

1 西行（1118—1190），日本平安时代末期诗僧。

的美名。

皎皎皎兮皎皎皎，皎皎皎兮皎皎月。

他笔下的这首和歌天真无邪，只是简单地将感叹音连缀成诗，连同上述三首从夜半至拂晓的冬月歌，旨在“咏歌实不为歌”（借鉴西行法师的说法）。它们坦率、纯真，把对明月的诉说朴素地化为三十一个日语音节。所谓“与月为友”，其实更是与月相亲，我见月即成月，月见我即成我，沉入自然，与自然合一。拂晓前在昏暗的禅堂里打坐静思的僧人心澄烁烁，所以晓月以为那光就是自己的清辉。

正如长序所阐明的那样，明惠入山顶禅堂思索宗教与哲学，“冬月出云伴我身”一诗歌咏的便是心与月微妙地相呼相应的事。我之所以借它题字，也正是有感于诗中的温柔与怜悯。冬月啊，你在云间忽隐忽现，为我照亮往返佛堂的路，使我闻狼嚎也不生惧。冬月啊，可有风吹到你？可有雪打到你？你冷不冷啊？这首和歌饱含对自然和对人的温暖、深厚又细致的体贴，尽显日本人的柔心弱骨。

以研究波提切利[1]闻名于世、博通古今东西美术的矢代幸雄[2]博士将日本美术的一大特色归纳为“雪月花时最思友”。见雪之

1 波提切利（Sandro Botticelli，约1445—1510），意大利文艺复兴盛期画家，作品有《维纳斯的诞生》等。

2 矢代幸雄（1890—1975），日本美术史家、美术评论家，著有《日本美术的特质》等。

美，见月之美，见花之美，即当自己看见四时轮回的美景深受触动时，当自己因邂逅美而感觉幸福时，便会分外思念挚友，渴望与其分享这层喜悦。也就是说，美的感动会强烈地唤起思人的情愫。这里的“友”可以广泛地理解为“人”。所谓“雪、月、花”，表达的是四季变化之美，同时这三个字体现了将山川草木、森罗万象、自然中的一切，以及人类情感中的美凝结于字的日式语言传统。此外，日本的茶道也以“雪月花时最思友”为根本精神。茶会即“感会”，是良友于良时相聚的欢会。附带说一句，我的小说《千只鹤》，如果被理解为写的是茶道的精神与形式之美，那就错了；它更多地是一部否定性的作品，是对当今沦为恶俗趣味的茶道提出质疑，发出警醒。

春花夏杜鹃，秋月冬凉雪。

道元的这首和歌也是展现四时之美，它将日本人自古以来在春夏秋冬里最钟爱的四样代表性自然风物简单地排列在一起，可以说是一首再寻常、再通俗、再平凡不过的，不是和歌的和歌了。不过，古代还有一首意境相似的作品，是僧人良宽[1]（1758—1831）的辞世歌。

此去留何在人间？春花秋叶山杜鹃。

---

1 日本佛教曹洞宗僧人，以书法、和歌知名。

这首和歌与道元那首一样，将寻常物与平常话直白地，更确切地说是故意地排列组叠在一起，传达出日本的真髓。更何况，它还是良宽的辞世歌。

春烟淡荡日迟迟，伴童戏鞠至暮时。

风清月明中元夜，竟夕共舞惜残年。

非关远人世，独行更自怡。

良宽笃守着这几首和歌中所歌咏的精神与生活，住草庵，着粗衣，信步乡间野道，与孩童嬉戏，同农夫闲谈，不用艰晦的言辞品论宗教与文学的深奥，“和颜爱语”，言行高洁。他的诗歌和书法超越日本江户后期、十八世纪末至十九世纪初的近代习俗，复臻古雅，迄今仍备受日本人的尊崇。这样的良宽咏下辞世的心境：自己无一物可留，也无意留一物。死后，自然仍旧美丽，就把它当作自己在尘世留下的唯一纪念吧。这首和歌中蕴含着日本自古以来的情怀，也传达出良宽的宗教精神。

切切盼君终得见，今朝相会别无念。

这样的恋歌同样出自良宽笔下，我很喜欢。年老体衰的良宽于六十八岁邂逅二十九岁的年轻尼姑贞心，收获纯洁的爱情。

这首诗写的是得遇佳人的喜悦，也是苦等的恋人终于出现时的喜悦。“今朝相会别无念”一句，至朴至真。

良宽七十四岁圆寂。他生于雪国越后——与我的小说《雪国》是同一地方，即如今里日本[1]北部的新潟县。西伯利亚的寒风越过日本海，长驱直入。他一生在此地度过，人渐衰老，自知时至，内心澄明通悟。这样一位诗僧，在他“临终的眼睛”里，应该依然美丽地映照着辞世歌中所描绘的雪国风光吧。我曾写过一篇题为《临终的眼睛》的随笔，“临终的眼睛”一语引自芥川龙之介（1892—1927）自杀时的遗书。遗书中有句话格外打动我：“我正在渐渐丧失‘所谓的生活力’‘动物力’吧。”

> 我现在住在一个冰般透明的、病态的、神经质的世界。……何时我才敢决然自杀呢？这是个疑问。对这样的我来说，唯有自然，比何时都美。你可能会笑我——既然钟情于自然的美，却又要自杀，这不是很矛盾吗？可是，自然之所以太美，正是因为它映在我临终的眼睛里。

1927年，三十五岁的芥川自杀了。我在《临终的眼睛》一文中写过：“不论多么厌世，自杀都不是开悟之姿。不论德行多高，自杀者距圣者之境，都还遥远。”芥川与战后的太宰治（1909—1948）等人的自杀，我既不赞美，也无共情。不过，我

---

1 指日本本州岛面向日本海一侧的部分。

还有一位年纪轻轻就去世的友人，一位前卫的日本画家[1]，他长年思量着自杀一事。"'没有比死亡更高的艺术'，'死即生'，这几乎是他挂在嘴边的话。"（《临终的眼睛》）他生于佛寺，毕业于佛教学校。我猜想，他对死的看法应该与西方人的死亡观有所不同吧。"心有牵挂的人，谁会想着自杀呢？"由此让我想到的，便是那位一休禅师（1394—1481）也曾两度企图自杀的事。

之所以在一休前加上"那位"二字，是因为他是童话中的机智和尚，连孩子都知道他；他不羁奔放，举止奇致，关于他的趣闻逸事广为流传。"稚童爬上一休膝头抚弄他的胡须，野鸟也在他手中啄食"，可谓达到了"无心"的极致境界。他看上去是个亲切、慈悲的僧侣，其实是一位严肃、深谙禅宗的高僧。据说一休是天皇之子，六岁入寺，闪耀着天才少年诗人的光彩，又苦闷于宗教与人生的根本性困惑。"若有神明，便请救我；若无神明，沉我入湖，以饱鱼腹。"他正要投湖时，却被人拦下了。后来还有一次，一休所在的大德寺里一名僧人自杀，数名僧人因此牵连入狱，一休深感有责，于是进山不吃不喝，决心一死。

一休把他那本诗集取名为《狂云集》，也自号狂云。作为日本中世的汉诗，尤其是禅僧所作的诗，《狂云集》及其续集中收录着绝无仅有的、读来令人瞠目胆战的爱情诗，甚至还有公然描写闺房秘事的艳诗。一休食鱼，饮酒，近女色，超脱禅宗的清规戒律，通过解放自己来反抗当时的宗教形骸，立志要在因战乱而

1 指日本超现实主义画家古贺春江（1895—1933），作品有《大海》等。

崩坏的世道人心中确立人的实存，恢复生命的本义。

一休所在的京都紫野大德寺，至今仍是茶道的中心，一休的真迹也被挂在茶室供人瞻仰。我也收藏有两幅一休的手迹。其中一幅写的是："入佛界易，入魔界难。"我颇受打动，经常挥笔题写这句话。字间意味可作各式理解，若深究下去恐怕没有尽头。仅说在"入佛界易"后附一句"入魔界难"，禅心至此的一休就让我深受震动。对于追求真善美的艺术家而言同样如此，"入魔界难"中有渴望，有恐惧，这番祈愿般的心境，无论表露出来，还是暗藏心底，归根结底都是命运的必然吧。无魔界，便无佛界。况且，入魔界更难。意志不坚，是入不了的。

逢佛杀佛，逢祖杀祖。

这是世人皆知的禅语。若以"他力本愿"与"自力本愿"划分佛教宗派，那么主张自力的禅宗当然也有这般激烈严苛的言论。主张"他力本愿"的真宗亲鸾[1]（1173—1262）曾说："善人尚得往生，何况恶人哉。"这同一休的"佛界""魔界"说有相通点，也有相左之处。亲鸾还说过"吾无弟子一人"。"逢祖杀祖"，"吾无弟子一人"，这恐怕也是艺术严酷的命运吧。

禅宗没有偶像崇拜。禅寺中虽然也供奉佛像，但是修行道场、禅坐静思的禅堂里不供佛像，不挂佛画，也不备经文，僧人

---

1 日本佛教净土真宗创始人，强调坚定信仰，著有《教行信证》等。

只是长时间闭目打坐，不语，不动，进入无念无想的境界，去“我”成“无”。这个“无”并不是西方的虚无，相反，它是万有自在的空，是无涯无边、无尽藏的心之宇宙。当然，禅修也要从师受业，与师问答以获启发，还要研习禅宗经典，但静思终究靠自己，开悟也只能借助自力。而且，禅不重理论，重直观，不重他人教诲，重内省。真理“不立文字”在“言外”。禅修甚至可以到达维摩诘[1]居士“一默如雷”的极致境界。据说中国禅宗的始祖达摩祖师曾“面壁九年”，九年间面对洞窟岩壁沉思默想，终得开悟。禅宗的坐禅，正是始于达摩祖师的坐禅。

问则答不问不答，达摩心中自有佛。（一休）

另外，一休还有一首道歌：

莫问何为心，墨间松风音。

这也是东方绘画的精神。东方绘画中的空间、留白、减笔都是水墨画的灵魂所在。正所谓“能画一枝风有声”（金冬心[2]）。

道元禅师也曾说过：“未见否？竹声中悟道，桃花间明心。”日本花道的插花名家池坊专应（1532—1554）在他那本《口传》

1 据《维摩经》，是毗耶离城的大乘居士，与释迦牟尼同时代，为佛典中现身说法、辩才无碍的代表人物。

2 金农（1687—1763），号冬心先生，清朝书画家，“扬州八怪”之一。

中讲到："仅以小水尺树，呈江山万里之胜景，刹那顷刻间起千变万化之佳兴，犹仙家妙术也。"日本的庭院也同样象征着广阔的自然。西洋庭院大都建造得十分匀整，相比之下，日本的庭院却以不匀整居多。这是因为相较匀整，不匀整更能象征丰富与广阔的事物吧。当然，这种不匀整也依靠日本人纤细微妙的感性保持着一种平衡。再没有比日本庭院更复杂、更多趣、更绵密、更繁难的造园方法了。所谓"枯山水"，只靠叠岩布石造景，通过"布石"营造出并不存在的山川起伏、波涛汹涌之景。这种凝缩的方式走向极致，便是日本的盆栽与盆石。

"山水"一词，指山与水，即自然景色，它从山水画（即风景画）、庭院中甚至又衍生出"凄寂"与"寂寥、清寒"的意境。不过，"和敬清寂"的茶道所崇尚的"侘寂"当然蕴含的是内心的丰富；同时，极狭小、极简素的茶室中反而包罗无边的广阔与无限的雅致。一朵花，可以比一百朵花更美。利休[1]也曾教诲说，插花不宜用盛开之花。直至今日，日本茶道仍遵循此训，茶室的壁龛中大多只插一枝，且是含苞的花蕾。到了冬天，便插冬令花，比如名为"白玉""侘助"的山茶。不仅山茶的品种有讲究，还要从中挑选花小、色白、只有单个花蕾的一枝用来插花。没有色彩的白，最清丽，也最富色彩。而且，花蕾上必定沾有露水。清水几滴，润湿花朵。五月，青瓷瓶中插牡丹，就是茶道里最华贵的花艺。牡丹自然也是单枝洁白的花蕾，沾着露水。不仅花要

---

1 千利休（1522—1591），日本茶道集大成者，主张"和敬清寂"的茶道精神。

点水，很多时候还要事先用清水润湿花器。

日本的陶瓷花器中，最高级也最昂贵的古伊贺烧（约十五、十六世纪）被水沾湿后，仿佛才苏醒过来，绽放出美丽的神采。伊贺烧由高温烧制，燃稻草，稻草灰与烟在瓶身上附着、流动，随着窑温下降，形成类似釉质的表面。这层釉面亦可称为“窑变”，多彩多姿的纹样并非陶工人为所施，而是由窑中的自然神工造就。伊贺烧的质地古朴、粗糙、坚硬，沾水便会呈现出明艳的光彩，与花上的露水交相呼应。茶碗在使用前也会用水濡湿，使之润泽，这被视为茶道的一种趣味。

池坊专应将“山野水畔自然之姿”（《口传》）作为全新的池坊流派的花道精神，残器枯枝亦成“花”，由花可得悟。“古人皆由插花悟道。”由此可见，在禅宗的影响下，日本的美之精神苏醒了。这同样是在长期内乱的荒芜中活着的日本人的精神。

日本最古老的歌物语集《伊势物语》（成书于十世纪）中有许多可被视为短篇小说的故事。其中有一段话，讲的是在原行平在宴客时插花的事：

> 行平乃风雅之人，瓶中插奇异紫藤。花蔓垂垂，长及三尺六寸。

花蔓长达三尺六寸的紫藤确实不可思议，甚至让人怀疑其真实性，可我有时却觉得这紫藤花是平安文化的象征。紫藤兼具日式与女性的优雅，花蔓低垂，微风中也袅袅生姿，纤细、端庄、轻柔，在初夏的新绿中若隐若现，颇显物哀风情。若花蔓长达三尺六寸，则更是华丽异常吧。约千年前，日本吸收唐代的文化，充分消化融合，催生出华丽的平安文化，确立了日本美学。这一过程恰似“奇异紫藤”的盛放，宛如一场非凡的奇迹。当时涌现出众多日本古典文学的上乘名作：和歌有第一部敕撰和歌集《古今集》（905），小说有《伊势物语》、紫式部（约970—约1002）的《源氏物语》、清少纳言（约966—1017）的《枕草子》[1]等等，这些作品建构起日本的美学传统，影响甚至主导了此后八百年间的文学。尤其是《源氏物语》，它是日本自古以来最优秀的小说，时至今日也没有哪部小说可以与之媲美。这样一部颇具近代性的长篇巨作早在十世纪时便已问世，堪称世界奇迹，也因此闻名海外。少年时尚不通古文的我阅读了大量平安文学中的经典，《源氏物语》也自然而然地浸润至内心。《源氏物语》以后的几百年间，日本小说始终怀着对这部名作的向往，模仿它，改编它。和歌自不必说，从工艺美术到造园艺术，都深受《源氏物语》的影响，并不断从中汲取美的养料。

紫式部、清少纳言，以及和泉式部（979—卒年不详）与赤染卫门（约957—1041）等著名歌人都是宫廷女官。所以，平安文学既是宫廷文学，也是女性文学。《源氏物语》与《枕草子》诞生于平安文化的鼎盛之时，即从璀璨的巅峰走向衰败倾塌的时候。因此，这些作品中弥漫着荣华将尽的哀愁，却也呈现出了日本王朝

1《枕草子》一般归为随笔文学。

文化极盛时期的景象。

不久，王朝转衰，公家大权旁落，武士掌权，进入镰仓时代（1192—1333）。武家政治一直延续至明治元年（1868），历时近七百年。然而，天皇制和王朝文化并未灭亡，镰仓初期的敕撰和歌集《新古今集》（1205）相比平安时代的《古今集》在赋歌技法上更进一步，虽有玩弄文字游戏的弊病，但重妖艳、幽玄和余情，增添了感官幻想，与近代的象征诗相似相通。西行法师（1118—1190）便是横跨平安与镰仓两个时代的代表诗人。

相思一夜君入梦，若知是梦何堪醒。

相寻梦路长相会，不及醒时一逢君。

《古今集》中小野小町[1]的这两首和歌，虽为咏梦，却直率又现实。《新古今集》过后，和歌变成了更为微妙的写生。

斜日疏竹群雀喧，夕影婆娑秋意浓。

庭飞荻花秋风瑟，落晖照壁影渐消。

这两首和歌出自镰仓时代末期的永福门院[2]（1271—1342），

1 日本平安时代初期女诗人，生平不详。
2 日本女诗人，伏见天皇的皇后。

象征着日本纤细的哀愁，非常贴近我的心境。

咏赞“秋月冬凉雪”的道元禅师以及心怜“冬月出云伴我身”的明惠上人，大致都是《新古今集》时代的人。明惠与西行以歌赠答，也一同谈歌。

> 西行法师常来与吾谈歌，曰:“吾咏歌，不行寻常。虽寄兴于花、杜鹃、月、雪及天地万物，然凡有所相，皆为虚妄，不过妙声充耳、诸相盈目而已。所咏之句，皆非真言。咏花实不为花，咏月实不为月。唯随缘、随兴而已。如虹亘中天，虚空有色；如白日当空，虚空有光。然虚空本无光，虚空本无色。吾心似虚空，染万种风情，却无迹无痕。此歌即如来真身。(弟子喜海《明惠传》)

日本或东方的“虚空”与“无”，其真意在这段话中得以言明。有评论家说我的作品是虚无的，然而它并不等同于西方的虚无主义。两者的内涵有根本的不同。道元的四季歌也是一样，虽题为《本来面目》，其实是在歌咏四时之美的同时，表达着深刻的禅思。

（王之光　译）

目录

睡美人

一

“可不要恶意胡来呀，也不可把手指伸进睡着的女孩子嘴里！”旅店的女人提醒江口老人。

二楼恐怕只有两间寝室——一间是江口正与女人说话的这个八张榻榻米[1]大的房间，另一间就在隔壁。看来在狭窄的楼下，似乎也没有客室，所以称不上是旅店吧。此处没有挂旅店的招牌。也许是因为此处的秘密而不能挂出那种玩意吧。屋内没有任何声响。这里只有如今仍在说话的这个女人，她到门口开锁迎进江口老人后，没见别的人影。首次来这家旅店的江口弄不清她是这家旅店的主人呢，还是雇来的女佣。总之，从客人的角度来说，最好还是不要打听闲事。

女人四五十岁，小个头，声音倒显年轻，好像故意用柔缓的措辞谈吐。说话时她几乎不张合那薄薄的嘴唇，也不大看对方的面容。她那乌黑的双眸不光具有缓解对方戒备心的色泽，而且显示出她自身也似乎不戒备他人的老练沉稳。放在桐木火盆上的铁壶里的水沸腾着。她用那开水沏了茶。这

1 榻榻米的标准尺寸为长1.8米，宽0.9米，面积为1.62平方米。8张榻榻米的面积将近13平方米。

茶的品质也好，浓淡也好，都令人想象不出是在这种场所、这种场合泡出来的绝顶香茗，这也使得江口老人身心放松下来。壁龛里挂着一幅川合玉堂[1]画师的作品——肯定是复制品，画面是枫叶如火的山村。这个八张榻榻米大的房间没有隐匿异常的迹象。

“您可不要弄醒女孩子啊。因为无论您怎么呼叫，她也绝不会醒来……女孩睡得很深沉，她什么也不知道啊。”那女人反复叮嘱，“她一直沉睡，自始至终什么都不晓得哟。也不知道同哪位先生一起睡觉……这点您不必顾虑。”

江口老人疑窦丛生，却没说出口来。

“这姑娘多漂亮啊。我们这里也只请令人放心的客人光顾……”

江口没有转脸去看那姑娘，倒是看了下手表。

“几点了？”

“十点四十五。”

“该是休息的时间了吧。上了年纪好像都是早睡早起，您就请便吧！”女人站起来，打开了去往隔壁房间的门上的锁。她大概是左撇子吧，开门时用的是左手。江口受开锁女人的诱导而屏住了呼吸。女人只把头探进门里瞥了一眼，准是她已习惯用这种方式来查看隔壁房间了。她的背影平淡无奇，可江口却发现了怪异之物。她腰带大鼓结上的图案是只怪异

1 川合玉堂（1873—1957），本名川合芳三郎，日本画家，生于爱知县，东京美术学校教授。作品描绘充满情趣的大自然。1940年获文化勋章。作品有《彩雨》等。

的大鸟，但不知道那是种什么鸟。如此装饰化的鸟为什么要添上写实风格的眼睛和腿脚呢？当然，那并不是令人生厌的鸟，仅是不适宜作为图案而已，可在这种场合中的女人背影，唯一会令人不快的则正是这只鸟。腰带的底色是近于白色的淡黄。隔壁房间似乎有些昏暗。

女人把门按原样关好，没有上锁，将那把钥匙放在了江口面前的茶几上。她的神情仿佛未曾查看过隔壁房间似的，语气语调也与刚才相同：

“这是钥匙，请松快地安歇吧！倘若难入睡，枕边放有安眠药。”

“有没有什么洋酒？”

“呃，这里不提供酒。”

“睡前一点酒也不许喝吗？”

“是的。”

“姑娘已在隔壁房间了？”

“她已酣睡了，在等着您。”

“是吗？”江口有点惊讶。这姑娘是什么时候进到隔壁房间里去的呢？又是什么时候睡着的呢？女人刚才把门开个细缝往里瞅，就是核实姑娘有没有睡着的吧？以前只从了解这家旅馆的老年好友那里听说，这儿有熟睡的姑娘待客，而且总是不醒等等，如今江口来此一瞧，反而觉得这情形令人难以置信。

“您在这里换衣服吗？”听这句话的意思，如果在这儿换衣服，好像这个女人是会帮忙的。江口沉默不语。

“这里会传来浪涛声，还有风……”

“浪涛声？”

“晚安。”女人说罢，走开了。

剩下江口一个人时，他环视了一下这个没有任何暗道机关的八张榻榻米大的房间，然后眼光落在了去往隔壁房间的门上。这是一扇近一米宽的杉木板门。它好像不是建造这所房子时就有的，而是后来装上去的。再仔细一看，才发觉墙壁原来也只是隔扇，为了改建成“睡美人”的密室，后来才砌成了墙壁。那道墙的颜色虽与四周协调，可仍感觉比较新。

江口将女人留下来的钥匙拿到手中看了看，这是一把极为简单的钥匙。照理说，拿了钥匙就应该准备到隔壁房间去，但江口并没有站起身来。女人也说过，这浪涛声凶猛。现在听起来就像浪头拍打着高高的悬崖，而这小小的房间仿佛就建在那悬崖边。风是冬天临近的声音。之所以感到这是冬天临近的声音，也许是因为这所房子的关系，也许是因为江口老人的心理作用，只要有火盆，就不会寒冷。更何况这土地还是温暖的。外面并没有树叶被风吹落的动静。由于江口是半夜来到这儿的，所以不知道周边的地形，却闻到了海腥味。一进大门，就感到这庭院远比房子的占地面积大，院中有好多高大的松树和枫树。映现在幽暗天空的黑松的松针刚劲坚挺。以前这里大概是别墅吧！

江口用拿着钥匙的手点燃了香烟，抽了一两口，就将这支仅仅燃了端头的香烟摁灭在烟灰缸中，接着又点燃第二支慢悠悠地抽起来。与其说这是他对些许忐忑不安的自嘲，倒不如说他所厌腻的空虚感甚为强烈。平时江口就寝前会小酌一杯洋酒，但仍睡得很浅，还经常做噩梦。有位因癌症英年早逝的女和歌吟诵者，在她失眠的夜里曾吟唱："夜晚为我准备的是蟾蜍、黑狗、溺死者之类。"江口记住这段和歌后，便难以忘却了。如今想起这首歌，他便认为在隔壁房间熟睡的，不，是被强制熟睡的女人，不就属于宛如溺死者之类的姑娘吗？一想到此，江口对去隔壁房间也有些犹豫了。虽然没有询问姑娘是如何被弄熟睡的，但知道反正是在不自然的情况下陷入无意识昏睡状态的，也许那姑娘的肌肤像受麻药毒害似的暗浊，眼圈发黑，骨瘦如柴；或许她是软乎乎冷冰冰的肿胀躯体；或许她正露出令人生厌的肮脏紫色牙龈轻轻地打着呼噜。江口老人在其六十七年的人生中，当然也有与女人过夜的丑陋经历。而这种丑陋的事情反而更为难忘。这并非指女人的姿容丑陋，而是指由女人生性的不幸扭曲所造成的丑陋。江口活到这把年纪，决不想重蹈与女人丑陋幽会的覆辙。他从踏进这家旅店的大门起就是这么想的。然而，还有比想躺在被弄成沉睡不醒的姑娘身旁过夜的老人更加丑陋的吗？难道江口不正是为了追求这种老丑至极，才到这家旅店来的吗？

那女人曾说"令人放心的客人"，好像是指到这家旅店来的都是"令人放心的客人"。介绍江口来这家旅店的，也是这种令人放心的老人。他已经是个完全丧失了男性能力的老人了。这位老人似乎深信江口也同他一样进入了衰萎之年。旅店女人恐怕已经习惯于净招待这种老人，所以她既没有对江口投以哀怜的目光，也没有露出探询的神情。然而江口老人一直都乐于此道，所以还不是这女人所说的“令人放心的客人”，那种事情他还能做。这要视自己当时的情绪、场所和对象而定。在这方面，他觉得老年的丑陋已向自己逼近，形同这家旅店的老年顾客的那般悲惨也近在咫尺了。自己尝试来这里，也只能说是这种处境的标志。因此，江口丝毫不想打破这里老人们的丑陋或是可怜的禁忌。若不想打破就不打破，而要遵守老规矩。这里好像是一个秘密俱乐部之类，会员中老人似乎很少。江口来这里既不是为了揭露俱乐部的罪状，也不是想扰乱俱乐部的惯例。好奇心也不那么强烈涌动了，这正是他已经衰老的悲哀。

“有的客人说，熟睡中做了个美梦哟；还有的客人说，我回想起了青春韶华哟。”刚才那女人的话语萦绕在江口耳畔，可江口老人依然板着脸，一丝苦笑也未流露出，用单手撑着茶几站起来，打开了通往隔壁房间的杉木门。

“啊！”

江口感叹这深红色的天鹅绒幕帘。由于光线幽暗，那颜色显得尤为深浓，而且幕帘前面泛出淡淡的光层，令人感觉犹如踏进梦幻之中。幕帘垂挂在房间的四周。江口迈入的杉木门应当是被幕帘遮挡住的，现在那里的幕帘一端已被拉开。

江口锁上门，就一边拉合那面幕帘，一边俯视熟睡的姑娘。她并不是装睡着，听起来那鼻息的的确确很深沉。老人因姑娘意想不到的娇美而屏住了呼吸。始料未及的不光是姑娘这般美丽，而且她还如此年轻。她朝门向左侧卧，只露出脸蛋儿，但看不到身子，估计还不到二十岁吧！江口老人仿佛感到胸膛中另外一颗心脏在跃动。

姑娘的右手腕伸在被窝外面，左手好像在被子里斜伸着；她把右手贴着睡脸放在枕头上，只有半截拇指隐匿在她的脸颊下面。她的指尖呈现出熟睡中的柔软，微微向内弯曲，但未弯成看不出指根那可爱的凹窝那种程度。温暖的血液的红润从手背流向指尖，那色彩也随之渐次变得浓郁。这是只柔滑的白手。

"你睡着啦？不起来吗？"江口老人像是为了触摸那只手张口说道。他将那只手握在自己的手掌中，试着轻轻摇了摇。他知道姑娘是不会醒来的。他就这样握着姑娘的手，看着她的脸孔，暗忖：她到底是个什么样的姑娘呢？眉毛画得很精细，闭合在一起的睫毛也整齐有致。姑娘秀发的香味传了过来。

之所以过了片刻才听到浪涛的轰鸣声，那是江口的心已被姑娘夺取了的缘故。然而，他还是果断地换了衣装。这时，他才注意到房间的光线是从上面照下来的，便抬头仰望，但见天花板上有两个天窗，电灯光是透过那儿的和纸[1]扩散开来

1 日本纸。以小构树、结香、剪夏罗等植物的韧皮纤维为原料制造的纸张的总称。

的。是这种光线与深红色的天鹅绒相得益彰呢，还是在深红色的衬映下，姑娘的肌肤才显现出梦幻般的美丽呢？并无闲情的江口此时则优哉游哉地思考起来，他感觉姑娘的脸色未必受到天鹅绒颜色映照的影响。眼睛慢慢习惯了这个房间的光线，但对平常习惯在黑暗中就寝的江口来说，仍感灯光太亮，却好像无法关掉天花板上的灯。他还看出这是床高级羽绒被。

江口唯恐惊醒这位不会醒来的姑娘，便悄然进入被窝。姑娘身上似乎光溜溜的。而且，当老人进被窝时，她也没有做出缩胸或弓腰之类的反应。对年轻女子来说，即使睡得再酣，也该有机灵的反射动作，可想到她这不是正常的睡眠吧，江口反而为了避免触碰姑娘的肌肤，将身子平直地躺了下来。姑娘将膝盖稍微向前弯曲着，所以江口的腿脚感到很别扭。即使江口不看，他也知道这位朝左侧卧的姑娘，不是把右膝放在左膝上面向前重叠的那种守护姿势，而好似将右膝向后张开，右腿尽情直伸着。向左侧卧的肩膀角度和腰的角度，因躯干的倾斜好像不尽相同。姑娘的个头似乎没多高。

刚才江口老人握着她的手晃了晃，发现她的指尖也睡得很深沉，现在仍保持着江口松手时的原样搁在那儿。老人拽过自己的枕头，姑娘的手又从那枕端垂落下来。江口将单肘支在枕头上欣赏起姑娘的手，悄然自语道："简直是栩栩如生啊。"毋庸置疑，这原本就是活生生的，那喃喃自语的真意是着实可爱，可当那个词脱口而出后，却留下了令人毛骨悚然的余音。被弄成昏睡的姑娘，连并未停止生命的时间也丧失殆尽，岂不是被沉入无底深渊了吗？世上没有活生生的偶人之类，所以她也不是活生生的偶人，但为了不让已经不再是男性的老人感到耻辱，姑娘却被做成了活生生的玩具。不，这不是玩具，对这种老人来讲，也许那就是生命本身，就是能够安心触摸的生命。近在咫尺的姑娘的手，在江口的老花眼中更加柔嫩，更加娇美。触摸起来光洁滑润，看不见那细微的肌理。

老人发觉：与那越靠近指尖越浓郁的温暖血色相同的色彩，也显现在姑娘的耳垂上。从她的秀发中，可以窥见她的耳朵。耳垂的红润诉说着姑娘的娇嫩水灵，令老人十分扎心。江口是受好奇心驱使，首次犹犹豫豫来到这家神秘旅店的，而那些更加衰迈的老头，想必是怀着更加强烈的喜悦和悲伤的心情光顾这家旅店的吧！姑娘的秀发是自然留长的。也许是为了让老人摆弄而留着的。江口一边将头靠在枕头上，一边撩起姑娘的头发露出耳朵。耳朵后面被头发遮住的皮肤十分白皙。脖颈和肩膀都清纯娇美，尚无女人才隆起的圆疙瘩。老人移开目光，环视了一下房内。他只看到自己脱下来的衣服放在了物品盒中，却哪里也没看到姑娘脱下来的衣服。也许它被刚才那个女人拿走了，或许姑娘来到这个房间时就没有穿衣服，想到此，江口颇感惊愕。姑娘的身子完全可以随意观赏。如今大可不必惊愕，因为事先知道姑娘也是为此才被弄酣睡的，但江口仍把姑娘裸露的肩膀用被子盖上掩好，闭上了双眼。在姑娘散发的体香中，不觉有股婴儿的气味扑鼻而来。这是乳儿的那种奶香味。它比姑娘的体味更加香甜浓郁。

"难道是……"这姑娘不会是生了孩子，乳房发胀而渗出了乳汁吧！江口对姑娘的额头、脸颊以及下巴，犹如检查少女特有的脖颈曲线似的看了一遍。尽管如此扫上一眼就会明白，但他仍然把遮住姑娘肩头的被子稍微掀起往里瞧了瞧。很明显，这不是曾经哺乳过的形状。他轻轻用指尖触碰一下，也不是潮湿的。再说，假若这姑娘还不到二十，用"乳臭未干"来形容她也不过分，但无论如何也不至于从她身上散发出乳儿般的乳臭。实际上这仅仅是女人特有的气味。然而，江口老人此时此刻确确实实嗅到了乳儿的气味。难道这是瞬间的幻觉？他疑惑不解为什么会有这种幻觉，也许是从自己内心突然空虚的细缝中飘逸出乳儿的气味。在这般思绪中，江口坠入了含有悲凉的孤寂深渊。与其说是悲凉、孤寂，倒不如说这是老年冻结般的悲惨。接着，这种心绪转变成了对散发着朝气蓬勃温馨气息的姑娘的爱惜和怜悯。也许他将这可怕的罪愆迅速掩饰过去了，老人感觉姑娘身体中奏出了音乐。这音乐充满着爱。江口仿佛想逃脱出去，便环视四周的墙壁，可墙壁全都被天鹅绒幕帘围拢，好像根本没有出口。天花板灯光照射下的深红色天鹅绒尽管柔软，却纹丝不动。它把被弄酣睡的姑娘和老人一起关起来了。

"你不醒醒吗？不醒醒吗？"江口抓住姑娘的肩膀晃了

晃，继而竟托起她的头，说道："醒醒吧！醒醒吧！"

江口如此这般，是心中迸发出来的对姑娘的感情使然。然而姑娘在酣睡，不能开口说话，更不知道老人的容貌和声音，就是说，姑娘全然不知眼前的状况，也不知道正在做着这些事的江口这个人。而对老人来说，这次到这里来纯属难以压抑的心血来潮所致。姑娘对自己的存在毫无所知。然而姑娘是不可能醒来的，从她枕在老人手上的头部重量，以及她那似乎双眉微蹙的神情，皆可感受到这位姑娘鲜活的应答。江口平静地停下手来。

倘若这么一晃就能把姑娘弄醒，那么，向江口推荐这里的木贺老人所说的犹如"与秘佛同眠"等这家旅店的秘密，当然也就荡然无存了。因为是绝不会醒来的女人，所以之于作为"令人放心的客人"的老人们，她们无疑是一种可以放心的诱惑、冒险和逸乐。木贺老人他们对江口说，只有身在被弄成酣睡的女人旁边，自己才能够充满活力。木贺到江口家造访的时候，从客厅看到院中秋风吹枯的苔藓上落有一些红色的东西，说道：

"那是什么呀？"随即下去捡拾。原来那是常绿树的红色果实。那果实稀稀落落掉落好儿个。木贺只捡了一个回来，把它夹在手指间一边搓弄着，一边聊起了这家秘密旅店的事儿。木贺说一旦无法忍受对衰萎的绝望时，就会到这家旅店来。

"我对能称得上女人的女人彻底绝望，似乎由来已久啦。你听着，有店主为我们准备一直睡不醒的女人哟。"

一直酣睡、沉默不语、什么都听不见的女人，对已经不能向女人尽男人之事的老人，真的能无话不谈、无话不听吗？然而，江口老人第一次经历这种女人，而姑娘肯定经历过若干次这种老人。一切任人摆布，一切无从知晓，她躺在那儿，死一般地昏睡，脸蛋儿天真无邪，鼻息安稳沉静。也许有的老人已经对她遍身抚摸过；也许有的老人为自己号啕大哭过。无论老人如何，姑娘都一无所知。江口虽然也想这么做，却还是什么也没做出来。他把手从姑娘脖子下面抽出时，尽管动作宛若放置易碎品一般轻柔，可想将她鲁莽晃醒的念头仍难以遏抑。

江口老人的手从姑娘脖子下面抽开时，姑娘将脸缓缓转动，肩膀也随之移动，变成了仰卧睡姿。江口以为她要醒来，就缩回了身子。改成仰卧的姑娘的鼻子和嘴唇，在天花板灯光的照射下辉耀出娇嫩的光芒。姑娘抬起左手，一直抬到了嘴边那儿。看样子好像要衔住那根食指，估计她有这种睡觉习惯吧，可她只是将手指轻轻贴在了唇边。然而，她的嘴唇是松弛的，露出了牙齿。刚才她都是用鼻子呼吸的，可现在改成了用嘴，这种呼吸好像比刚才稍微加快了。江口暗忖姑娘是否不适，但又不像是那种样子，因为她嘴唇微启，反而看似面颊绽出了微笑。拍打高崖的浪涛声靠近了江口的耳道。从浪头回落下去的声音，能听出那座悬崖下面似有巨大的岩石。隐匿在岩石后面的海水，仿佛追逐着回落的海浪而重返大海中去。原先姑娘是用鼻子呼吸的，改成用嘴呼吸后，那气味比较浓重了。然而那并不是乳臭。那么，刚才为什么会突然嗅到乳臭呢？老人觉得很奇怪，认为这姑娘身上仍然散发出了女人味吧。

江口老人如今仍有散发乳臭的孙子。那个孙子的姿容在脑海中浮现了出来。他的三个女儿都已先后出嫁，也都先后生了外孙。他不光记得孙辈们乳臭未干时的光景，而且还念念不忘怀抱着还是吃奶婴儿的女儿们的陈年往事。这些亲生骨肉婴儿时的奶味，犹如江口自责似的突然复而飘来。不对！那是江口怜悯沉睡的姑娘而从内心发出的气味吧！江口自己也仰卧下来，没有触碰姑娘任何部位就闭上了眼睛。他认为还是把放在枕头旁边的安眠药吃掉为好。这个药肯定不像给姑娘吃的那般强烈，自己无疑要比她早醒。若非如此，这家旅店的秘密及魅力都将土崩瓦解。江口打开枕头旁的纸包，发现里面有两颗白色药片。吃一颗就会昏昏如梦幻，吃两颗便是沉睡若死人。倘若真的如此，那不是很好吗？江口盯着这药片，脑海中浮现出了有关乳汁的烦恼记忆和疯狂记忆。

“一股奶味！是奶味呀，是婴儿身上的奶味！”女人叠放好江口脱下来的外衣后当即翻脸，瞪着江口喝道，“这是你家婴儿的气味吧！你出门前抱过婴儿吧。是不是？”

女人挥舞着抖动的双手说：“啊，讨厌！讨厌！”她随即起身把江口的西装粗暴地撂了过去。“真讨厌哇！都要出门了还有心思抱娃。”她的声音也很骇人，眼神更为可怕。这女人是一位混熟了的艺妓[1]。尽管她完全知晓江口家有妻小，但婴儿传递的奶香味道却引起了女人强烈的厌恶，燃起了嫉妒的烈火。从此以后，江口和艺妓的关系就不融洽了。

艺妓厌烦的气味，是江口最小的女儿残留下来的乳臭，但江口在结婚前也曾有过情人。由于女孩家里严加看管，所以他们在难得的幽会时便尽兴狂欢。有一次，江口将脸一移开，就看到女孩的乳头周围渗透出淡淡的血丝。江口十分惊恐，但他继而若无其事地将脸轻柔贴过去，把那血丝吸吞下去了。如痴如醉的女孩根本不知道这回事。这是在疯狂的激情平静之后的事，即使江口说出来，好像女孩也没感到疼痛。

两个回忆如今在脑海中浮现出来，也真是不可思议，因为那都是遥远岁月的陈事了。可这种记忆是潜藏着的，所以在面对这位酣睡的姑娘时，便突然发生了嗅出似有若无的乳臭这等事。虽然说这已是遥远岁月的往事，然而细思起来，人的记忆和回忆等等，也许只有那件事情的新旧之分，而不是凭靠真实的时间远近来决定。回想起六十年前幼儿时的事情，有时甚至比昨天的事情更加鲜活而历历在目吧。人老了，不是尤为如此吗？另外，幼儿时的事情常会塑造出其人性格，进而引导其人一生吧。也许这事提不上桌面，那位让江口第一次领教了男人的嘴唇能够在女人身上的几乎各个部位吮吸出鲜血来的女孩，正是江口使她乳头周围渗出血的那位女孩。

1 以唱歌舞蹈为宴会助兴的职业妇女。

自她之后，江口反而规避使女人渗出血来了，可那位女孩馈赠他增强男人一生的礼物的回忆，在年满六十七岁的当今也没有消失。

还有一件也许是更琐细的事情，那是在江口年轻的时候，某大公司要员的夫人，一位传闻贤惠而且社交广泛的中年夫人，对他说：

“我晚上入睡前闭上眼睛，就会数着跟我接吻也不令我讨厌的男人哩。是掰着手指数的呀。真开心啊。如果少于十个，就觉得寂寞啦。”当时，夫人正跟江口跳着华尔兹。夫人突然发出这种告白，言下之意不就是把江口当作接吻也不讨厌的男人之一吗？想到此，年轻的江口握着夫人手的手指不由自主地松缓了。

“我只是数数而已……”夫人若无其事地甩了句，“你还年轻，上床时不会有孤寂感的吧？假如有的话，只要把太太拽过来就了事了，但你也不妨偶尔试一试。我有时也会成为良药的。”夫人的语音干涩冷淡，江口无言应答。夫人只是口头上说“数数而已”，但江口怀疑她是一边数着，一边在头脑中描绘着男人的面容和身体。要数十个人，需要花费相当长的时间，其间她也会臆想吧。此时江口感到，刚过风韵巅峰的夫人那浸润媚药的香水味忽然强烈地扑鼻而来。作为在入睡前亲吻也不会令夫人讨厌的男人，他会被夫人在想象中如何描绘呢？这完全是夫人的隐私和自由，既与江口毫无关系，江口也无法回避和拒绝，还不能对她责备。仿佛自己在浑然不知的时候被中年女人在心里玩弄，江口感到恶心。然而，夫人所说的话语他至今也没有忘记。夫人是不是委婉地引诱年轻的江口呢，是不是为了搞恶作剧尝试着玩弄他而编造谎言呢，后来他并非不无怀疑，可自那再往后，就只有夫人的话语残留下来了。如今那位夫人早已作古。而且江口老人也不疑虑夫人所说的话语了。那位贤夫人在活着的时候，是曾臆想跟几百个男人接吻而奔上黄泉路的吧。

江口也接近衰老，随之而来的是在难眠之夜时会想起夫人说的话，有时也屈指数着女人的数量，但他并不局限于即使接吻也不会厌烦之类的一般层次上，而是常常回忆起了有过亲密深交的女人们。今晚也由熟睡的姑娘诱发出了幻觉的奶味，脑海中浮现出了往昔的情人。或者，也许那位往昔情人乳头周围的血丝，驱使他油然嗅到这位姑娘身上根本就没有的奶味。他一面抚弄着酣睡不醒的美女，一面沉溺于追忆不再复返的昔日的女人们，这也许是老人悲哀的抚慰。可是，江口看似孤寂，内心倒温暖而平静。姑娘的乳房濡湿了吗？江口只是悄悄触摸了一下，尔后并没有做出令迟醒的姑娘因乳头渗出血来而惊恐的那种疯狂举动。姑娘的乳房形状好像很美。然而，老人却另有所思：为什么经过长久的历史，在一切动物中，只有人类女性的乳房进化成了美丽的形状呢？将女性的乳房变得越来越美，难道不是人类历史辉煌的荣耀吗？

或许女人的嘴唇也是如此。江口老人又想起了睡觉前化妆的女人，以及睡觉前卸妆的女人，不过，也有的女人在抹掉口红以后，嘴唇的颜色或变得灰暗，或尽显干枯混浊。如今酣睡在身旁的姑娘的脸蛋儿，在天花板上柔和的灯光和四面天鹅绒的映衬之下，难以判断她到底是否化了淡妆，但可以确定的是，她还没有做剃眉之类的美容。她的嘴唇也好，从唇间露出的牙齿也好，都光亮纯真。年轻的姑娘不可能掌握口含香料的技巧，却散发着用嘴呼吸的香味。江口不喜欢色浓而厚实的大乳晕，他把裹着姑娘肩膀的被子悄悄掀开一看，那乳晕似乎还小，呈桃红色。姑娘是仰卧着的，也可以趴在她胸上接吻。这位姑娘岂止是即使接吻也不令人讨厌的女人哪。像江口这般老人若能够如此与年轻姑娘接吻，无论付出多大的代价也值得，哪怕赌上一切也无憾。江口不由觉得，到这里来的老人，都沉溺于欢喜快乐之中了吧！老人中似乎也有贪得无厌之徒，江口脑海中并非没浮现出那种情形。然而姑娘一直熟睡着，任何事情都不知道，所以，她的容貌就像在这里看到的一样，既不污秽，也不失态吧。之所以江口不会沉沦于这种恶魔般的丑陋游戏中，是姑娘优美沉睡着的缘故。如此的江口与其他老人们的不同之处，是缘于江口依然残留着能行男人之事的生机吧。姑娘是为了其他老人才不得不沉睡不醒的。虽然动作轻盈，可江口老人已然两次想把姑娘弄醒了。假若出了偏差姑娘醒来的话，老人自己也不知道打算干什么，这是出于对女孩的爱情吧！不，也许这是出于老人自身的空虚和畏惧。

“睡着了吧？”老人意识到自己嘟囔出了本来不必嘟囔的话语，就又加了一句：“都不是长眠之躯啊！无论是这位姑娘，还是我自己……”如同每天夜晚那样，这个不寻常的夜晚，仍然是作为明天清晨活生生的醒来之物而闭上了眼睛。姑娘的食指放在唇边，弯曲的胳膊肘在被窝中有些碍事。江口握住姑娘的手腕，将她的胳膊拉直移到侧腹旁。由于正巧碰到她手腕的脉搏，江口也就顺势将食指和中指按在了姑娘的脉上。脉搏娇嫩可爱，而且律动规整。她那安详熟睡的鼻息，比江口的还缓慢些。风一阵一阵地从屋顶吹过，但听起来并没有像刚才那种冬天临近的感觉。尽管拍打岩崖的高亢波涛声依然可闻，却变得柔缓了。那涛声的回音犹如向姑娘身体鸣奏的音乐由海面登岸而来，并且，姑娘手腕的脉搏连接的胸脯鼓动仿佛也加入进来。一只雪白的蝴蝶在老人眼睑内乱舞。江口松开了按在姑娘脉上的手指。这样一来，他现在没有触碰姑娘的任何部位。姑娘口中的气味、身体的气味、头发的气味并不是强烈的那种。

江口老人回想起与乳头周围渗出过血的情人辗转北陆[1]私奔到京都那几天的情形。之所以当今能如此历历在目地回想起这些事情，也许是因为从这位纯真的姑娘身上传来了些许温馨吧！从北陆到京都的铁路线上，有很多小隧道。每当火车驶进隧道，姑娘就像恐怖来袭似的将膝头贴向江口，握住

1 北陆地区，包括新潟、富山、石川、福井各县。

他的手。火车一驶出小隧道，便看到在小山上或小入海口处架着一道彩虹。

“啊，好可爱！”“啊！真漂亮。”可以说，每当火车驶出隧道，姑娘都会对着小彩虹一一发出惊叹。因为她总左顾右盼地寻找彩虹，而且彩虹的色彩常常浅淡得若有若无，所以就转而认为这多得不可思议的彩虹是不吉利的征兆。

“我们是不是一直被人追踪呢？好像到了京都就会被捉住吧。一旦被带回家，就再也不会让我出门啦！”大学毕业刚刚就职的江口知晓：他不可能在京都生活下去，除非殉情，否则终须返回东京。可是，看小彩虹这事儿，使他眼前浮现出了挥之不去的那位姑娘漂亮的秘处。江口是在金泽的河边一家旅馆里看到的。那是一个细雪纷飞的夜晚。年轻的江口被那种美轮美奂感动得屏住呼吸，几乎流出了眼泪。在其后几十年所交往的女人中，他再也没有看到像她那样漂亮的了，所以他更加理解那种美，继而认为秘处的美就是那位姑娘内心的美。即使他自嘲“岂有如此荒唐的事？”，那仍衍变成洋溢着憧憬的真实，是到了老年的今天依然不可撼动的强烈记忆。姑娘在京都被家里派来的人带回去后，不久便被迫嫁人了。

没料到在上野的不忍池岸边与姑娘偶遇，当时她正背着婴儿漫步。婴儿戴着一顶白色毛线帽。那时正值不忍池的荷花枯萎的季节。今天夜晚，在熟睡的姑娘身旁，江口思忖，眼睑内侧时而飞舞的白蝴蝶，或许是源于那个婴儿戴的白帽子吧。

在不忍池岸边相遇时，江口只问了她这么一句话："你幸福吗？""嗳，幸福呀。"姑娘迅即答道。她只得如此回答，不会有其他答案吧。"你为何背着婴儿，独自在这种地方漫步？"姑娘对这唐突的询问缄口不语，看了下江口的脸。

"是男孩儿，还是女孩儿？"

"不如意呀，是女孩儿！看不出来吗？"

"这个孩子，是不是我的？"

"这，不是的，不是的呀！"姑娘显出愠怒之色，摇了摇头。

"是吗？倘若这是我的孩子，现在不说，几十年后再说也行，当你想说出来的时候，就告诉我一声吧！"

"不是的呀。真不是你的呀！我不会忘记曾爱过你，但请你不要对这个孩子也起那种疑心。别烦扰这个孩子啊。"

"是吗？"江口没有勉强去端详婴儿的面容，而是久久目送女人的背影。女人走了一会儿，回头望了望。当她知道江口还在目送她后，便迅即加快脚步离去了。此后他们再未谋面。后来江口听说这个女人在十几年前去世了。六十七岁的江口，亲戚好友也死了不少，可对这个姑娘的记忆最为清晰。婴儿的白色帽子、私处的娇美和乳头旁渗出的血丝，至今仍凝聚在鲜活的回忆中。其娇美无以类比，大概除了江口，这世上无人知晓。试想一下，若是行将就木的江口老人作古，那娇美也将从这个世界完全消失。姑娘当年虽然羞涩，但仍坦然慨允江口窥看。这也许是姑娘的生性，然而她自己一定不知道那里的娇美吧！对姑娘来说，那是她看不到的。

抵达京都的江口和那位姑娘一大早就漫步于竹林中的小路上。竹叶在朝阳的照射下摇曳着银光的辉耀。时至老年想起此事，仿佛那竹叶又薄又软，完全成了白银的叶片，连竹竿也像是白银做的。竹林一侧的田埂上，鸭跖草和大蓟花都绽放出花朵。尽管与季节似不吻合，但那种小路却浮现出来。走过竹林间的小路，沿着清澈的小溪溯流而上，但见一道瀑布汹涌飞落，在阳光下飘起光闪闪的飞沫，飞沫中站着一位赤裸的姑娘。这等事纯属子虚乌有，但是江口老人不知何时起，总觉得曾经看到过。自从上了年纪，有时看到京都一带山丘上林立的优美红松的树干，埋在心中的那位姑娘便会复苏。然而，鲜有像今夜这样，回忆得清晰鲜活。这是酣睡姑娘的年少诱发出的吧！

江口老人想睡却怎么也睡不着，有点躺不住了。他不想回忆那凝望小彩虹的姑娘以外的女人，也不想触碰或一览无余地细看那酣睡的姑娘。他趴下身子，又打开了枕边的纸包。这家旅店的女人说是安眠药，但这是哪类药呢？是与这姑娘所吃的药一样的吗？江口犹豫一下，只将一颗放进嘴里，喝了好多的水冲服下去了。虽然他平常靠小酌就寝，但大概因为没有用过安眠药吧，所以他很快就睡着了。随后老人做了个梦。梦中他被一个女人搂抱着，可这个女人有四条腿，四条腿都紧缠着他。另外她还有手臂。江口迷迷糊糊走出梦境，尽管感到四条腿着实怪异，然而并不觉得多么可怕，残留于身的蛊惑远比这两条腿的蛊惑更为强烈。他懵懂思忖：这药就是使人做这种梦的吧。姑娘翻了个身背转过去，将腰身抵向这边。江口对她将脸转过去倒像生出了怜悯之心，在似梦非梦中，仿佛要为姑娘梳理铺散的长发，在将手指插进她头发中时又睡着了。

接下来的第二个梦实在令人厌烦。江口的女儿在医院的产房生下了畸形儿。是个什么样的畸形儿呢，醒后的老人记不清了。之所以没有记住，是因为他不想记住吧。总之，属于严重畸形。婴儿立刻被产妇藏了起来。然而，在产房白色遮帘的后面，产妇却站起身来在肢解婴儿。为的是抛弃。医生是江口的朋友，他身着白大褂就站在一旁。江口也站在旁边观看。此时他好像被噩梦魇住，这次是神志清醒地脱离了梦境。他被围在四周的深红色天鹅绒幕帘吓了一跳。他双手捂住脸揉了揉额头，心想：这是什么噩梦？！这家旅店的安眠药里不会藏有魔怪吧！是否因为来寻觅畸形快乐，才做了这种畸形快乐的梦呢？江口老人有三个女儿，他不知道梦到的是她们当中的哪一个，他也不想去细究是哪一个。这三个女儿都生下了身体健全的婴儿。

江口暗忖：如果现在能起床出去就起床出去。然而，他却为了睡得更沉，吃下了枕边剩下的另一颗安眠药。冰冷的水通过了食道。熟睡的姑娘与刚才一样仍然背对着他。江口老人觉得这个姑娘说不定也会生下无比呆傻的孩子，或是奇丑无比的孩子，便把手搭在姑娘胖嘟嘟的肩膀上说：

“转过来吧!”姑娘宛若听到召唤一般翻过身来。想不到她还把一只手搭在了江口的胸膛上，像冻得发抖似的，把腿也挨靠过来了。这位暖乎乎的姑娘是不该发冷的。身体那么温暖的女孩怎么会冷呢?也不知是从姑娘的嘴里还是从鼻中，发出了微细的声音。

“你是否也在做噩梦呢?”

然而，江口老人很快就坠入梦乡了。

二

江口老人没想到会第二次来“睡美人”之家吧。至少在之前初次来投宿的时候，还没考虑要再来。直到次日早上起床回家的时候也是如此。

“今天晚上我可以去你那里吗？”江口打这电话，是距那次造访半个月以后。接电话的似乎还是那个四十多岁的女人，但电话中的声音仿佛是从更沉寂的地方传来的冷淡耳语。

“您现在说要过来，大概几点钟到达这里呢？”

“倒也是，九点稍后吧。”

“这么早来让我为难。因为对方还没有过来，而且即使来了，也还没有入睡……”

“……”在老人颇感惊惑的当儿，那女人又说：

“我会让她在十一点以前入睡的，请您那个时候来吧！敬候光临。”女人的话语悠闲缓慢，老人反而快言快语：“好，就那个时候去。”他的声音干涩沙哑。

姑娘还没有睡不是很好吗？我倒想在她入睡前与她见个面呢。江口虽然并非真意，却想半开玩笑地讲出来，但是这话卡在了喉咙深处，没有说出口。若说出来，会触碰那家旅馆秘密的规矩。正因为这是奇异的规矩，所以必须严格遵守。这个规矩一旦被捅破，这家旅店便成为常见的一般妓院了。那些老人的寒酸的愿望也罢，诱人的离奇梦境也罢，当然都将化为乌有。当电话中说晚上九点太早，姑娘还未入睡，将在十一点以前让她入睡时，江口心中突然感觉有种炽热的魅惑在颤抖，这是他自己也意想不到的。难道这是突然被引诱去日常现实人生之外所产生的那种惊恐吗？其实那是由姑娘一直酣睡、绝不会醒所造成的。

原本认为不会来第二次吧，可到家半个月后又来造访，这对江口老人来说是太早呢，还是太迟呢？总之，是他没能持续抑制住诱惑。那时江口既无心去重做那老丑的嬉戏，也不像寻觅这类旅店的老人那般衰老。然而，并不是在这家旅店的第一个夜晚便留下了丑陋的回忆。虽然这明明是罪愆，但是在自己过去六十七年的经历中，江口感到从没像与这个女人同宿那样度过清白之夜。早上醒来以后也是如此。安眠药似乎很有效，早上比平常醒得晚，睁开眼时都八点了。老人的身体没有触碰姑娘的任何部位。老人在姑娘元气盎然的温润且安详的气息中，宛如稚童般甜蜜地醒来。

姑娘是脸朝这边睡着的。因她稍稍头向前伸，胸向后缩，所以在她娇嫩长颈的下巴阴影处，露出了若有若无的青筋。她的长发一直铺散到枕头后边。江口老人先扫视了姑娘端正合拢的嘴唇，然后端详姑娘的眉毛和睫毛，深信不疑地认为这姑娘是处女。对于江口这个老花眼来说，由于相距太近，反而看不清姑娘一根一根的睫毛和眉毛。因为这老花眼也看不见汗毛，所以姑娘的肌肤更显得柔滑光亮。从脸部到颈部，她一颗痣都没有。老人将深夜的噩梦等全部抛至脑后，只觉得姑娘可爱无比，甚至在心口涌起一种孩子气的情感，仿佛是自己备受姑娘的宠爱。江口探摸姑娘的胸脯，轻轻地将其纳入掌中。这是不是身怀江口之前的江口母亲的那种乳房呢？这时闪现出了一种奇妙的触感。老人将手抽了回来，但那种触感却从胳膊一直蹿到肩膀。

传来了隔壁房间拉开隔扇的声音。

“醒了吗？”旅店的女人呼唤道，“备好早餐喽……”

“哦！”江口不由随口应道。从木板套窗的细缝流泻进来的清晨阳光，将天鹅绒幕帘照得通明。然而，朝阳却没给房间天花板上的微弱灯光增添亮度。

“可以上早餐吗？”女人催促道。

“可以！”

江口一边撑起一只胳膊肘抽出身子，一边用另一只手轻轻抚摸姑娘的头发。

老人知道要在姑娘未睡醒时叫起客人，但这时女人已经心平气和地送上了早餐。姑娘究竟要睡到何时呢？然而，这里不准多问闲事，江口便若无其事地说道：

“好可爱的女孩！”

“是的。你有没有做美梦呢？”

“有。你送给了我一个美梦。”

“今天早上风平浪静，是个风和日丽的好天气啊！”女人转换了话题。

且说半个月后再度来这旅店的江口老人，初次来时的好奇心已被充盈内心的强烈内疚和羞愧所替代。他不得不从九点等到十一点的焦切，更成了蛊惑心绪的引诱。

打开门锁迎进他的，仍是上次那个女人。壁龛里也还挂着同是复制品的画作。茶水的味道也一如既往，清香醇厚。江口比初次来此的那个夜晚更加兴奋，却像个常客似的安然坐着。他转头观看红叶尽染的山乡画作，冷不丁地说道：

“这一带气候温暖，所以枫叶在尚未红透时便蔫啦。院子里黑黢黢的，看不太清楚……”

“是吗？”女人漫不经心地答道，“天气变冷了，铺上了电热毯，是双人的，但有两个开关，请客人调节成自己喜好的温度。”

“电热毯呀，我还没用过那玩意儿哩。”

“您若不想用的话，可以把自己这边的关掉，但姑娘那边要开着，请您不要动……”老人也知晓其言下之意是姑娘什么也没有穿。

“一条毯子，两个人能够选择各自所好的温度，这设置倒挺有意思！”

“这可是美国造的……不过，您可别心术不正，关掉姑娘那边的开关。您也明白吧！不管她多么冷，都不会醒的。”

“……”

“今天晚上的姑娘比上次的更适合您。”

“哎?”

“这个也是漂亮的姑娘。客人们都不干坏事，所以就安排了更漂亮的姑娘……”

“与上次的姑娘不同吗?”

“对，今天晚上的姑娘……您不乐意换个不同的吗?”

“我没那么花心呀。”

“花心?您所说的那种花花事，不是什么也没做吗?”女人平缓的语调似乎含着嘲讽的浅笑，“来这里的客人，哪一位都不会对女孩怎么样啊。我们允许来本店的，全是令人放心的客人。”说话时，薄嘴唇的女人也不看老人的面容。江口被这种羞辱气得几乎颤抖起来，可又不知如何言语为好。对方只不过是一个冷漠练达的老鸨而已。

“而且，即使您认为这是花心，姑娘睡着了，也根本不知道跟谁睡觉。上次的姑娘也好，今天晚上的姑娘也好，她们对先生的事儿简直全然不知就过了一夜，所以，说是什么花心，有点……”

“原来如此。这不是人际交往，对吧?”

“此话怎讲?”

已经变得不成男性的老人与一个被弄得酣睡的年轻姑娘交际，却在跨过这门槛后说什么这不是“人际交往”，倒挺滑稽的。

“即使您要个花心，也未尝不可呀!”女人以怪异的娇嫩声音，像是要哄好老人似的笑道，“如果您那么喜欢上次那个姑娘，等您下次光临时，我提前让她入睡，可您过后会说还是今晚的姑娘好哟。”

“是吗？你刚才说这个适合我，是怎么个适合法呢？不都是一直酣睡的吗？”

“您会明白的……”

女人起身，打开隔壁房间的门锁，伸头瞅了瞅里面，然后将那把钥匙放在江口老人面前，说道：“您请，晚安！”

剩下独自一人的江口，将铁壶里的开水注入茶壶中，慢慢地饮起茶来。本打算悠然品茗，可端起的那茶盅却抖动不停。他悄然自语：“这不是年纪的关系，哼，我还未必是个令人放心的客人呢。”为了替那些在此家旅店受到蔑视、受到屈辱的老人报仇，打破这家的禁律又会如何？那么做，对姑娘而言，不是成了相当正常的人际交往吗？虽然不知道给姑娘灌下多少强力安眠药，但自己尚有弄醒姑娘的男子汉冲动吧。尽管设想不少，然而江口老人的内心却没能鼓起实施的勇气。

悲哀的老人们寻觅这家旅店，他们的丑陋衰萎几年前也向江口迫近。对不可计量的性的广度、不可探底的性的深度，江口在六十七年的历练中，当说是果然有了相当程度的触及吧。而且在老人们的周边，具有女人的新颖和朝气蓬勃的气质的娇美姑娘们也会无止无尽地诞生出来。悲哀的老人们对未成真梦想的憧憬，以及对没抓住时光而丧失机遇的终日懊恼，不是充斥着这家秘密旅店的罪戾吗？江口以前就认为：

正是这一睡不醒的姑娘，才是老人们的忘年自由。沉睡不语的姑娘，会随老人们的喜好而攀谈的吧！

江口起身打开隔壁房间的门，顿感那里已经充盈着暖洋洋的气息了。他微微一笑。刚才为什么闷闷不乐呢？姑娘仰面而睡，双手的指尖都伸了出来，搭在被头上。她的指甲染成粉红色，口红涂得很浓重。

“是适合我的哩！”江口嘟哝着靠近姑娘，但见她不仅双颊嫣红，而且因电热毯的温暖，潮红的血色蹿上了她的整个脸蛋儿。她上眼睑厚实，脸颊也颇为丰腴。在天鹅绒幕帘映照下，她的颈部显得特别白皙。从她的睡相来看，活脱脱是一个沉睡的年轻妖妇。江口离身，转过脸更换衣服，其间也感到姑娘的温暖气息像裹住自己身子似的飘然而来。这气息充盈着整个房间。

江口老人不再像对待以前的姑娘那样能够克制了。这姑娘沉睡也罢，醒着也罢，她都在主动诱惑着男人。江口甚至认为，就是破了这家旅店的禁律，也只能怪罪姑娘。江口像是为了享受尔后的欢喜，闭上眼睛悄然养神，此时顿感从身子深层已经涌冒出萌发青春般的温热。当然，旅店的女人说今天晚上的姑娘好，可是要找到这种姑娘还真不容易呢！老人更觉这家旅店非同小可。江口陶醉在温馨的气息之中，着实舍不得去触碰姑娘。江口对香水之类当是外行，可他认为这气味肯定是姑娘自身的体味。倘若就这样进入甜蜜的梦乡，则是无上的幸福。他转而真想就那样入眠。老人悄悄挪动身子，更加靠近了姑娘。是在迎合靠近的老人吗？姑娘灵巧地转过身子，将手插进被窝，宛若拥抱江口似的伸展了手臂。

“哎，你没睡着？你是醒着的吗？”江口缩回身子，摇晃了一下姑娘的下巴。也许是江口老人在摇晃下巴的过程中手头加了力，姑娘为了摆脱他的手而把脸趴向了枕头，这样一来，她的嘴角稍微咧开，江口的食指尖触碰到了她一两颗牙齿。江口悄然不动，没有抽出手指。姑娘也没有活动嘴唇。不消说，姑娘进入了深度睡眠，不会是假睡。

江口意想不到以前的姑娘与今晚的姑娘有所不同，竟埋怨起了旅店的女人，其实根本不必思考也会知道，姑娘这么接连不断在夜晚被用药物弄得酣睡，是很伤身体的吧。旅店让江口这样的老人不断换人要“花心”，也可认为是为了姑娘们的健康吧。不过，这家旅店的二楼不是仅能接纳一位客人吗？虽然江口不知道楼下是何等状况，可假使有客房，顶多也只会有一间。由此可知，这家旅店里陪老人睡觉的姑娘不会那么多。那几个人，包括江口初夜的姑娘和今夜的姑娘，都是如此各具其美的姑娘吧。

触碰到江口手指的姑娘牙齿，好像在手指上沾濡了一点点黏糊糊的东西。老人的食指探摸起姑娘的齿列，来回磨蹭了两三遍。本来嘴唇外侧有点干燥，可现在里面的唾液外溢，变得滑润了。姑娘口中右侧有一颗虎牙。江口又加上拇指试图捏住那颗虎牙。随后，他试着想把手指伸到牙齿后面，但姑娘在酣睡时上下牙仍闭合得很紧，没能拨开。江口抽出手指，可那上面留下了红印子。用什么来揩掉那口红呢？倘若能在枕套上蹭掉，便当是姑娘趴着身子睡觉时留下的痕迹而了事，可在蹭之前若不舔湿手指，就不会抹掉。说来也怪，要把通红的指尖放进嘴里，江口嫌脏。老人将那手指在姑娘额前的头发上蹭起来。在用姑娘的头发擦拭食指和拇指尖的过程中，江口老人的五根指头都不由得抚弄起姑娘的头发来。他将手指插入姑娘的头发中，不一会儿便搅乱头发，动作也逐渐变得猛烈了。姑娘的发梢噼里啪啦地放电，径自传到了老人的手指上。头发的气味变得浓烈起来。也可能是电热毯暄暖的缘故，从底下散发出的姑娘体味也越来越浓。江口采用各种手法玩弄着姑娘的头发，发现她的发际，尤其是细长后颈的发际犹如描绘的一般鲜丽艳美。姑娘将后发留得较短，全都朝上梳拢起来。长短不齐的刘海零散地垂在额前，保持着一种自然天成的形态。老人撩起那撮刘海，端详了姑娘的眉毛和睫毛。他用另一只手的手指深深探入姑娘的头发中，一直触碰到了头皮。

“果然是不会醒的。”江口老人说着，伸手抓住姑娘的头顶晃了晃，姑娘顿时痛苦地皱起眉头，把身子翻成半趴着的睡姿。这样一来，她的身体就更靠近老人了。姑娘伸出双臂，右胳膊放到枕头上，将右脸颊压在了那只手背上。这种压法，使江口只能看到姑娘的手指。小指在睫毛下方，食指从嘴唇下面微微露出，手指缓缓伸张开来，拇指则隐藏在下巴底下。略微朝下的嘴唇的红色与四个长指甲的红色聚集在白枕套的一隅。姑娘的左臂也从肘部弯曲着，手背几乎就在江口眼皮底下。与丰腴脸颊的鼓胀相反，她的手指却又细又长，令人联想到她这般的细长腿脚。老人试着用脚背蹭了蹭姑娘的腿。姑娘左手的手指也微微张开，舒展地摆在那儿。江口老人把一侧的脸颊搭在了姑娘的那只手背上。因为受压，姑娘抖了抖肩膀，但无力把手抽出来。老人就这样待了良久。姑娘因两条胳膊都伸了出来，肩膀也稍稍抬起，胳膊根鼓胀起了娇嫩丰腴的圆弧。江口一边为她把毯子拉向肩膀，一边将那鼓胀的丰腴圆弧轻柔地裹入掌中。他将嘴唇从手背向胳膊滑移过去。姑娘肩膀的气味、颈项的气味充满诱惑。姑娘一直紧缩着的肩膀以及背部即刻松弛下来，成了吸附老人的玉体。

江口如今要在这位被弄成酣睡状态的女奴隶身上，为来这家旅店受到侮蔑和屈辱的老人们报仇。这就是要打破这家旅店的禁律。他晓得那样做就再也不能到这家旅店来了。为了弄醒姑娘，江口的动作倒是更为鲁莽了。然而，想不到江口随即因明显的黄花闺女标志而偃旗息鼓了。

“啊！”他叫了一声离开了姑娘。他气喘吁吁，心跳急促。与其说他突然作罢，不如说更大因素使他惊骇而止。老人闭上眼睛，平稳一下自己的情绪。与小伙子不同，他平定下来并非多难。江口平静地抚弄着姑娘的头发，睁开了双眼。姑娘保持着同样的俯卧睡姿。成长到这般年华，竟是个娼妇中的黄花闺女，即使这样，她不仍旧是个娼妇吗？虽然这么想，但在涌上来的激情消失之后，老人对姑娘的感情、对自己的感情都发生了彻底改变，再也没有复原。他在所不惜。对一个毫无知觉的酣睡女人做任何手脚，都不过是无聊之举。然而，那突然的惊骇是怎么回事呢？

受姑娘妖妇般容貌的迷惑，江口做出了涉嫌逾矩的举动，可他又重新思量：光顾这家旅店的老人们，不都是怀着远远超出江口想象的悲楚的欢喜、强烈的饥渴和深沉的哀愁才到这里来的吗？即使是当作晚年的松快寻乐、便捷的重返芳华，其内心深处也都潜藏着事到如今也追悔莫及，百般挣扎也难以自拔的愁思。所谓“合适”的今夜的妖妇，依然保持着不破之身，亦是老人们自重及遵守誓约，但无疑更是他们凄惨衰萎的标志。姑娘的纯洁反而映衬出老人们的丑陋。

姑娘垫在右脸颊下面的手大概压得发麻了，便把手抬到头顶上，将手指缓慢地屈伸两三次。她的手碰到了在摆弄她头发的江口的手。江口抓住了她的那只手。手指柔软，稍微发凉。老人像是要握碎那手指似的用尽了力气。姑娘抬起左肩来了个半翻身，随即伸展左臂甩动起来，仿佛要搂抱江口的脖子。然而那只胳膊依然软绵无力，搂不住江口的脖子。姑娘的脸对着老人，因为相距太近，江口的老花眼中一片白茫茫，可眉毛和造成太黑太多阴影的睫毛、眼睑与鼓胀的脸颊，以及长长的脖颈，仍如当初乍看的印象一样，是个活脱脱的妖妇。她的乳房虽然稍微下垂，但实际上很丰满。作为日本姑娘，她的乳晕偏大而鼓胀。老人顺着姑娘的脊梁骨一直探摸到脚。从腰部往下长得比较紧实而舒展。身子似乎上下不协调，这也许是因为她仍为处女的关系。

江口老人已沉下心来，仔细端详着姑娘的面容和脖子。天鹅绒幕帘的红色与其微微映照的姑娘肌肤浑然天成。姑娘的身子一如这家旅店女人说的“很适合”那样，尽管被老人们玩弄，却仍然是个处女。这既是老人们已经衰老的缘故，也有姑娘被弄成酣睡不醒的原因，江口此时冒出父母儿女情长般的思虑：这妖妇般的姑娘今后将会经过什么样的一生演变呢？江口也已经打上了老衰的烙印。姑娘肯定只是为了要钱才这般酣睡的。然而，对花钱的老人们来说，能够躺在这种姑娘身边，无疑是这世上绝无仅有的欢愉。正因为姑娘绝不会醒来，年迈的客人才不会产生羞于老衰的自卑感，才可以放荡不羁地臆想、追忆女人的方方面面。不惜花费比清醒的女人还要昂贵的价钱，不就是为此吗？被弄得酣睡的姑娘对老人的任何情况都一无所知，这也使老人毫无顾忌了吧！而老人方面，对姑娘的生活状况及人品等也毫不知情。连能让人感觉到对方信息的线索，比如她身穿什么衣服，都被清理得无从知晓。对老人们来说，其理由不会仅仅是没有后顾之忧这么简单吧，这是黑暗深渊中怪异的光亮！

然而，江口老人既不习惯跟一个不说话的姑娘、不睁眼看人的姑娘，即根本不认可江口这个人的姑娘交往，也没能消解精神空虚的缺憾感。他想看看这妖妇般姑娘的眼睛，试图听她发声、说话。对江口而言，仅仅抚摸熟睡的姑娘没那么强烈的诱惑，反而会伴生出伤感之念。不过，江口对她还是处女颇感意外，惊愕不已，便决意中止破戒，遵循了老人们的惯例。比起上次的姑娘，今晚的姑娘尽管同样是熟睡的，却显出确实是活生生的。姑娘的体味也罢，抚摸的手感也罢，身子的动作也罢，都是实实在在的。

与上次相同，枕边放了两颗为江口准备的安眠药。然而今天晚上江口没有及早服用入睡，大概是想进一步观察姑娘吧。姑娘即使睡着了也爱动。或许她一夜会翻身达二三十次。姑娘刚才还面朝那边，但立即又转了过来。而且，她还用胳膊探摸江口。江口伸手搭在姑娘的一只膝头上，将其拉过来。

"呃，不要。"姑娘仿佛用未出声的声音说道。

"你醒了吗？"老人以为姑娘醒了，更加用力地拉她的膝头。姑娘的膝头软弱无力，向这边弯了过来。江口把手臂伸进姑娘的脖子下面，稍微托起她的头晃了晃。

"啊！我，去哪里呀？"姑娘说。

"你醒啦？那我就让你睁开眼。"

"不！不！"姑娘把脸向江口的肩膀滑移过来。好像她是要避免脑袋被人晃荡吧。姑娘的额头碰到老人的脖子，刘海扎着了江口的鼻子。这头发真厉害，刺得江口有点发痛。江口感到气味呛人，便转过了脸。

"干什么呀？真讨厌。"

"我什么也没做呀！"老人应答道，可姑娘说的是梦话。姑娘在熟睡，她把江口的动作强烈地误认成什么了呢？或者是她梦见了其他夜晚的老人搞恶作剧吧？尽管这梦话南辕北辙，支离破碎，但江口对能与姑娘做像模像样的对话而心花怒放。明天早上，或许也能把她弄醒。然而，现在老人只是一味地对她说话，她在睡梦中能听见吗？难道刺激她的身体，比老人的话语更能促使姑娘说点什么梦话？江口考虑是否狠狠地揍她一顿，或者扭她一把试试看，却火急火燎地把姑娘搂抱了过来。姑娘毫未反抗，也没有发声。姑娘这样会感到胸闷的。姑娘甜蜜的气息拂过老人的面庞。少顷，倒是老人喘起粗气来了。任由摆布的姑娘再次诱惑了江口。倘若破了她的贞操，今后会有何等的悲伤袭上这位姑娘的心头呢？这位姑娘的人生将会发生巨大裂变吧。这是哪档子事呢……不管怎么说，姑娘在天亮之前什么都不会发觉。

“妈妈。”姑娘低声叫喊似的呼唤。

“哎呀！啊呀！走掉了吗？原谅我，原谅我……”

“你在做什么梦呢？是做梦呀！是做梦呀！”江口老人把正梦呓的姑娘搂抱得更紧，想把她弄醒。姑娘呼唤母亲的声音中蕴含的悲伤，沁入了江口的肺腑。姑娘的乳房被老人胸膛挤压得似乎要延展开来。姑娘抬起了臂膀。姑娘在梦中是否把江口错认为妈妈而欲相拥相抱呢？不！尽管她是被人弄睡着的，尽管她还是个黄花闺女，但不容置疑，她是个妖妇。江口老人在六十七年的生涯中，好像还是第一次通体抚摸如此娇嫩的妖妇。如若世上还有色情神话，那她就是神话中的姑娘。

江口老人继而觉得，她不是妖妇，而是像被妖术所咒的姑娘。因此，她是“沉睡着的大活人”。就是说，尽管心灵被弄得沉睡，但身子作为女人反而是醒着的。此时她没有人的心灵，仅仅呈现出女人的身子。正像这家旅店的女人所说的“很适合”，她被弄成了很适合服务于老人们的吧？

江口松缓了紧抱姑娘的胳膊，温柔地搂着她，姑娘光裸的胳膊也重新放到拥抱江口的位置，由此，姑娘真正温柔地抱住江口了。老人就那样沉静地一动不动。他闭上了眼睛，陶醉于温馨之中。这几乎是摆脱妄念之无心的恍惚。他也仿佛领悟到了来这家旅店的老人们的快乐和幸福感。对老人本身来说，这里并不全是哀愁、丑陋和下流，而是充满年轻生命力的怜恤，不是吗？对彻底老朽的男人而言，没有比被年轻姑娘赤身缠绕更忘我的时刻吧！然而，老人们能把为此而被弄成活供品般的酣睡姑娘，毫无负罪感地认作购买的物品吗？或者是，这潜隐的负罪感反而加大了愉悦感？已经忘我的江口老人，好像也忘记了姑娘是活供品，用脚探触起姑娘的脚尖来。这是因为只有那里他还没有触及。姑娘的脚趾很长，轻灵地动了动。脚趾的各个关节一会儿弯曲缩拢，一会儿反翘伸直，像手指的动作一样，也只能在那里，才向江口传递了这位姑娘作为怪异女人的炽烈煽情。尽管在酣睡，可这姑娘能够用脚趾交流、传情。可是，老人把姑娘脚趾的动作，仅止于作为幼稚生疏却又媚艳的音乐来倾听，并追随着那音乐遐思良久。

看来姑娘刚才在做梦，可那梦是否做完了呢？江口思忖：或许那不是做梦，而是随着老人猛烈地抚弄，她只能以梦呓交涉、抗议，从而养成了这种习惯吧。即使不说话，这姑娘也洋溢出酣睡中能以身子与老人交谈的媚艳，而江口老人朝思暮想的企盼，就是听到有声的会话，哪怕是风马牛不相及的梦呓也好。这大概是因为他尚未完全习惯这家旅馆的秘密吧！江口老人拿不准对她说什么话，或按压她的哪个部位，姑娘才会用梦话来应答，于是，他问道：

“你不再做梦了吗？做的是你妈妈到哪里去了的梦吗？”说着，他就顺着姑娘的脊骨磨蹭起了那里的凹窝。姑娘耸动一下肩膀，又趴着身子睡了。看来这是她喜好的睡姿。姑娘仍然面朝江口，用右手轻轻抱着枕沿，左手臂搭在老人的脸上。然而，姑娘什么话也没有说。她酣睡的温柔鼻息暖乎乎地飘拂过来，只是搭在江口脸上的手臂像是为了调整到安稳状态而挪动着，所以老人就伸出双手，把姑娘的手臂放在了自己的眼睛上面。姑娘长长的指甲尖轻微地扎到了江口的耳垂。姑娘的手腕在江口的右眼皮上方弯垂下来，那纤细的腕部正巧覆盖住了右眼皮。老人想就那么让它放置在那里，便在自己两眼上方那块儿，按住了姑娘的手。姑娘肌肤的气息沁入眼球，似乎又让江口的脑海中浮现出崭新而丰富的幻影。正是当下的季节，在大和[1]的古寺高高的石墙根，有沐浴

1 这里指日本古国之一，地域相当于现在的奈良县全境。平安朝迁都之前为历代皇居之地。

着初冬阳光绽放的两三朵寒牡丹花[1]，在诗仙堂[2]附近的院子里开满了白色的茶梅花；随后又浮现出了春天的情景，那是在奈良见到的马醉木花、藤花，以及椿寺[3]遍开的、凋谢的山茶花……

“是啊。”这些花儿，蕴含着江口对嫁出去的三个女儿的回忆。这是他带着三个或者其中一个女儿旅行时看过的花。或许已为人妻、已为人母的女儿们记不清了，但江口却牢牢记得，不时回想起来，还与妻子聊起这些花儿的事。自从女儿出嫁以后，母亲似乎并无像父亲那般与女儿分离的感觉，事实上，她一直持续着作为母亲的那种亲切交流，所以和婚前女儿一起旅游赏花的杂事，也没有太往心里记。再说，也有些花是在母亲没有跟随旅游时见到的。

在姑娘将手紧贴着的眼睛深处，一些花儿的幻影浮现出来便消失，消失后又浮现出来。江口任凭这时隐时现的幻影更迭时，那往昔成年累月的感情复活了——那是在女儿出嫁后不久，连看到别人家的女儿都觉得可爱而惦念不已。他想，这位姑娘也是那种时刻其他人家的女儿之一吧？老人松开手，可姑娘的手仍旧纹丝不动地搭在江口的眼睛上面。在江口的三个女儿当中，看过椿寺凋谢的山茶花的仅有小女儿，而且

---

1 为冬天开花而培育的牡丹，花朵稍小。也称冬牡丹。

2 日本汉诗人石川丈山（1583—1672）晚年居住的宅邸。他在狩野探幽（1602—1674）所画的中国三十六位诗仙像上亲笔赋诗。该堂位于京都市左京区一乘寺内。

3 “椿”这个汉字在日语中是山茶花的意思，本译文遵照了翻译日本地名直接照搬原文汉字的惯例。在日本以种植山茶花闻名的寺院通称椿寺，本文当指京都市的椿寺。

是小女儿出嫁前半个月的一次告别旅行，所以这山茶花的幻影最为强烈。尤其是，小女儿对结婚也有酸楚之痛。不光是两位小伙子争夺小女儿，而且在那场争夺中小女儿失去了贞操。江口为了让小女儿的心情焕然一新，才邀她出去旅行的。

山茶花倘若从梗部吧嗒一声掉落下，会被认为是凶兆，可椿寺却有一棵据说树龄四百年的山茶花大树，混开着五种颜色的花朵，那重瓣的花朵并不是一下子整朵掉落，而是花瓣一瓣瓣地飘零，因而那棵树也被冠名为落瓣山茶花树。

“落英缤纷的时节，一天要飘落多达五六簸箕哩！”寺院的年轻太太对江口说。

据说从背光处观赏那棵大山茶花树上的簇簇繁花，反而比从向光处观赏更为壮美。江口和小女儿坐着的廊边朝西，此时太阳正在西沉，当然属于背光了。也就是说，这是处在逆光的位置，那大树的繁茂枝叶和斑斓盛开的花朵构成的厚层，遮住了春天的阳光。阳光完全罩在了山茶花树的树冠中，树荫的边缘仿佛飘溢着晚霞。椿寺位于喧闹的世俗街市之中，庭院里看来也只有这棵老树值得观赏。江口眼中也全是这高大的山茶花树，其余皆视而不见，而且心魂也被花儿夺走，街上的嘈杂声也充耳不闻。

“开得好壮美啊。”江口对女儿说。

寺院的年轻太太回应道：“一早起来，树下到处都是落英，都看不到地面了。”说罢她起身离去，把江口和他的女儿撇在了那里。从这棵大树上，是否真的绽放出五种颜色的花朵呢？的确，这树上既有红花，也有白花，还有带杂色斑点的花。与其说江口想查清这些花的颜色，倒不如说他被山茶花树的全貌所震撼了。据说这棵具有四百年树龄的山茶花树，竟常催放似锦的繁花。夕阳的光照全被吞噬在山茶花树之中，仿佛那花儿绽放的树冠中间既繁茂又温暖。尽管毫无风吹的感觉，但树冠边缘的花枝却不时微微摇曳。

然而，小女儿似乎不像江口那般对这棵有名的落瓣山茶花树心驰神往。她的眼睑耷拉着，与其说她在观赏山茶花，不如说她在看着自己的身子。在三个女儿当中，江口最疼爱这个女儿。这个女儿也真像是老小，一贯撒娇。上面的两个女儿出嫁后，她更能发嗲了。上面的两个女儿曾流露出嫉妒心，问母亲江口是否想把小妹留在家中，招个上门女婿。江口也只是从妻子那里听到这些话的。小女儿自幼就性格开朗。她有很多男朋友，父母认为这也太过轻浮，但当女儿被男朋友围着转时，她又显得活力四射。然而，在这些男友当中，她喜欢的只有两个，这是父母，尤其是在家招待过女儿男友们的母亲心知肚明的。女儿被其中一人夺去了贞操。女儿好长时间在家都沉默不语，比如在换衣服时手的动作等都显得焦躁不安。母亲随即意识到女儿遇到了什么事。当母亲婉转询问时，女儿毫不犹豫地和盘托出了。那小伙子在百货店工作，住在公寓里。女儿似乎就这么应邀去了他的公寓。

“你要和他结婚吗？”母亲问。

“不！我决不跟他结婚。”女儿答道。这令母亲不知所措。

母亲认为那位年轻人做了非礼之举，便向江口挑明此事，商量对策。江口感觉自己的掌上明珠受到了伤害，但听说小女儿已同另一个年轻人匆匆订了婚约，更是惊诧不已。

“你是怎么认为的？这样能行吗？”妻子凑过来，问道。

“女儿向未婚夫说过那件事吗？挑明了没有？”江口厉声说道。

“哎呀，这个倒没有问。因为当时我也惊慌失措的……我去问问她看？”

“不！”

“好像世上的父母都会认为，这种过失还是不向结婚对象挑明为好，隐瞒不说会相安无事的。不过，这要看女儿的性格和情绪呀！为了瞒住对方，女儿会独自痛苦一生的。”

“首先，家长是否认可女儿的婚约呢？这不是还没定下吗？”

被一个小伙子冒犯，转脸就同别的小伙子订婚，江口决不认为这是自然妥帖的。父母也都知道那两个小伙子都喜欢自己的女儿。那两个人江口也都认识，甚至还考虑过女儿同谁结婚好像都不错。然而，女儿急着订婚，不就是精神上受到冲击的反作用吗？是不是对一个人愤怒、憎恶、恚恨、懊悔，然后踉跄地倒向了另外一个人？或是对一个人产生幻灭感，自己心烦意乱，从而想依靠另外一个人？因为被侵犯，便将那个年轻人从内心彻底清除，反而被另一个年轻人强烈地吸引过去，这种事也并非不可能发生在小女儿这样的姑娘身上。这未必全是报仇啦，或掺杂着自暴自弃的杂念。

然而，江口万万想不到这种事会发生在小女儿身上。也许天下父母都是如此吧。即使这样，当小女儿被男友们围着转时，江口对开朗奔放、刚强好胜的女儿好像也十分放心。不过，事后看来，发生这种事并不奇怪。即便是自己的小女儿，她的身子也与世上的女人们毫无二致。她终会跨过男人强求的这道坎。随后，江口脑海中不由浮现出了那种情境下女儿身姿的丑态，顿感莫大的屈辱和羞耻向他袭来。把上面两个女儿送去新婚旅行的时候，他绝没有这种感觉。事已至此，江口方认为即使小女儿的事是男人的爱情火灾，那也是无法抗拒男人强求的女儿身体所导致。作为父亲来说，这是不寻常的心理吧。

江口既没有立即认可小女儿的婚约，也没有一口回绝。父母知道两位小伙子激烈争夺小女儿，是在出事好久以后。当江口带着小女儿来到京都，观赏盛开的落瓣山茶花时，已经临近女儿的婚期了。高大的山茶花树冠中裹藏着微微鸣响，可能是蜂群的声音吧。

那个小女儿也结婚了，并在两年后生下一个男孩。女婿似乎很疼爱孩子。休息时，小两口一同来到江口家，若妻子和岳母在厨房做菜，女婿便老练地给小宝宝喂牛奶。江口见此，觉得他们夫妻间很是平和。尽管同住在东京，但婚后的女儿很少回娘家露个面。有一次女儿独自回来时，江口便问：

“怎么啦？”

“什么怎么啦？嗨，我很幸福啊！”女儿回答。也许她跟娘家也不深谈夫妻间的事，但依小女儿的那种个性，她应该向娘家吐露更多有关丈夫的事情的。江口感到有点不对劲，多少有些放心不下。然而，初为人妻的小女儿像花儿绽放似的，变得更加娇美起来了。尽管这可以视为从姑娘转向妻子而产生的生理嬗变，但在其过程中若有心理阴影，也不会这般如花似玉吧！生产后的小女儿，肌肤澄莹得宛若连体内也清洗过一般，而且为人也沉稳多了。

无怪呢！在“睡美人”之家，江口把姑娘的手臂搭在双眼的眼睑上，所浮现出来的幻影是那盛开的落瓣山茶花呢。不消说，江口的小女儿也好，在此酣睡的姑娘也好，都不像那株山茶花树那么丰满。然而，人世间的姑娘身体丰满程度，是不能单凭亲眼看见，单凭温顺陪睡就会明白的。这是不可与山茶花等相互比较的。由姑娘手臂传送到江口眼睑深处的，是生的交流、生的旋律、生的诱惑，而且对老人来说，是生的回复。承托姑娘手臂良久的眼珠压酸了，江口把那手臂拿了下来。

姑娘的那只左手臂无处可放，大概她感到沿着江口的胸部僵硬地伸直太别扭吧，就面朝江口半翻了身。她将双手弯至胸前，手指交错相握。这个动作触碰到了江口老人的胸部。虽然不是合掌的手形，却像是祈祷的姿势，仿佛是温柔的祈祷。老人把姑娘手指相握的手包裹在自己的两个手掌之中。做这个动作的时候，老人自己也像祈祷什么似的闭上了眼睛。

然而，这只是老人触摸着酣睡的姑娘的手所产生的悲伤吧。

夜雨开始降落在沉静海面上的声音，传入了江口的耳道。远方的声响仿佛是冬雷声，不是汽车声，但难以断定。江口把姑娘交错相握的手指掰开，然后把拇指以外的四根手指逐一捋直，端详起来。他竟想把又长又细的手指放到嘴里咬一口。倘若小指上留下齿痕渗出血来，这个姑娘明天醒来后会怎么想呢？江口把姑娘的手臂顺着她的身子摆直放好了。然后，他看到姑娘的乳晕又大又鼓，颜色也很深浓，是丰满的大乳房。江口向上托了托微微松弛的部分。那乳房温吞吞的，不像被电热毯暖热了的身体那么温暖。江口老人想把额头挤进中间的乳沟中，但脸刚一贴近，就被姑娘的气味熏得踌躇不前了。他趴下身子，今夜把放在枕头边的两颗安眠药一次全吃下去了。以前，即第一次来这家旅店的夜晚，是先吃了一颗；噩梦醒了后，又补吃了一颗，于是他知道了这只是普通的安眠药。江口老人很快就沉入了梦乡。

姑娘先是抽泣，继而大哭起来，老人被这哭声惊醒。那听似哭泣的声音转而变成大笑。笑声持续了良久。江口伸手揽住女孩的胸部晃了晃。

“在做梦呀，在做梦呀！做的什么梦呢？”

姑娘长笑停息后的沉寂令人生畏。然而，江口老人也处在安眠药生效阶段，他好不容易拿起放在枕头旁边的手表来看。三点半了。老人将胸膛贴着姑娘，搂住她的腰，温馨地睡着了。

清晨，他又被旅店的女人叫醒了。

“先生，您睡醒了吗？”

江口没有回答。旅店女人是不是靠近密室的门，把耳朵贴在了杉木门上呢？想到此情此景，老人感到不寒而栗。大概电热毯太热，姑娘将赤裸的肩膀露在被子外面，一只手臂伸到了头顶上。江口为她把被子往上拽了拽。

“先生，您睡醒了吗？”

江口仍然没作答，把头缩进了被窝里。他的下巴碰到了姑娘的乳头。江口突然激情爆燃似的抱住姑娘的后背，还用脚缠住姑娘。

旅店女人轻轻敲了三四下杉木门。

“先生，先生！”

“我起来了，现在，正换衣服。”若江口老人不作答，似乎女人就要开门进到屋里来了。

隔壁房间已经放好了洗面用具及牙膏之类。女人一边伺候江口用早餐，一边说：

“怎么样？是个好姑娘吧！”

“是个好姑娘，确实……”江口点了点头，接着说，“那姑娘几点钟醒？”

“是啊，要到几点钟呢？”女人佯装不知地敷衍道。

“我可以在这里等她醒吗？”

“这个，本店还从没有这样的呢！”女人有点慌张，“不管多熟的老顾客，都不能这样做。”

“不过，这姑娘太好啦！”

“您可别自作多情，只同一个沉睡着的姑娘交际不是很好吗？那个姑娘完全不知道跟哪位先生睡过觉，所以不会惹上什么麻烦。”

“然而，我倒是记住她啦！要是在路上哪里遇到了……”

“哟，您打算与她打招呼吗？请您不要这样做。这样做不是使坏吗？！”

“使坏……”江口老人重复了女人说的话。

“是呀。”

“是使坏吗？”

“请您不要滋生逾矩之心，要把酣睡的姑娘就当作酣睡的姑娘，敬请多多眷顾。”

江口老人很想说我还不是那么凄惨的老人呢，可是他却控制住了自己，改口道：

“昨天夜里好像下雨啦。”

“是吗？我一点也不知道。”

“确实是下雨的声音。”

凭窗眺望大海，但见靠近岸边的微微波浪闪耀着旭日的光芒。

三

江口老人第三次去“睡美人”之家，是在第二次去的八天之后。第一次和第二次相隔半个月左右，而这次却缩短了约一半的时间。

江口也是被酣睡的姑娘的魅力逐渐迷惑住而来的吗？

“今晚是个见习的女孩子，也许不如您意，您多多包涵！”旅店的女人一边泡茶一边说道。

“哦！又换了一个吗？”

“您动身前才打来电话，所以怎么也无法调整，只有这个姑娘能赶上……倘若您有期望的女孩子，可提前两三天通知。”

“倒也是。可是，你说的见习女孩，是什么样的呢？”

“是新来的，小姑娘。”

江口老人感到惊愕。

“她还没适应，所以感到害怕，曾说是不是能两个人一起上，但客人不喜欢可不行……”

“两个人吗？就是两个人又何妨呢？而且睡得跟死去一样，什么害怕啦，担心啦，都不知道。”

“说的也是，可她还没适应，所以请您悠着点。”

“我不会干什么的。”

“这我知道。”

“是见习的？”江口老人自言自语道。他觉得这事蹊跷。

女人一如既往，把杉木门拉开个细缝，窥看一下里面说：“她已睡着了，请！”随后她走出了房间。老人自己又斟了一杯茶，曲肱而枕躺了下来。略带寒意的空虚感袭上身来。他懒洋洋地站起来，悄悄打开杉木板门，瞅了瞅挂着天鹅绒的密室。

“小姑娘”是个小脸蛋儿的女孩子。她好像把扎的辫子松开了，头发散披在半个脸颊上，而另一侧的脸颊又被她的手背遮掩到嘴唇，所以看起来她的脸蛋儿更小。一个天真无邪的少女熟睡着。虽说是手背，可手指却是自然舒展的，所以，手背一端轻轻接触的地方，是在眼睛下面一点儿，在那里弯曲的手指从鼻子旁边遮盖住了嘴唇。长长的中指有点过分，一直伸到下巴的下面。这是她的左手。她的右手搭在被头上，手指柔婉地握着。她丝毫没化晚妆，也没有睡觉前卸过妆的迹象。

江口老人悄悄钻进被窝到她身边，小心翼翼地不触碰到姑娘的任何部位。姑娘纹丝不动。然而，姑娘的温暖倏然裹住了老人，这与电热毯的温暖是两码事。这仿佛是一种生涩的自然温热。也许那是因她头发、肌肤的气息而产生的一种感觉，但又不尽其然。

“也就十六岁吧。”江口嘟哝一句。这家旅店是专供已不能把女人作为女人来应酬的老人们光顾的，但第三次来的江口这才明白：与这种姑娘安然同眠，也只是为了追寻逝去的生的欢喜痕迹这一短暂的抚慰吧。也会有老人暗自希求，自己能在被弄得酣睡的姑娘身旁永眠吧。姑娘娇嫩的身体，仿佛含有引诱老人的死的心理上的悲哀成分。不，江口是到这家旅店来的老人中多愁善感的一位，他只是为了从被弄得酣睡的姑娘那里汲取青春活力，也许其他很多老人是为了享受不醒的女人。

枕头旁边仍然放有两颗白色安眠药。江口老人捏起来看了看，药片上既没有文字也没有标记，所以不知道药名叫什么。这药肯定与姑娘服用或注射的药不同。江口想下次来的时候，向这家店的女人索要与姑娘相同的药。估计要不来，但假若她给了，自己也会死一般地沉睡，那将会如何呢？与被弄得死一般沉睡的姑娘一起死一般地沉睡，老人对此感受到了诱惑。

江口被“死一般地沉睡”这句话激起了对女人的回忆。三年前的春季，老人带一个女人回到了神户的一家饭店。由于是从夜总会出来的，所以抵达时已经过了午夜。他饮用了放在房间的威士忌，也劝诱女人饮用了。女人喝的与江口几乎一样多。老人换上了饭店里的睡衣，但是这里没备女人的睡衣，所以他只好抱着穿内衣的女人睡。江口用胳膊搂着她的脖子，温柔地抚摸她的后背，正在沉迷之时，女人抬起半个身子说：

“穿着这些，我睡不着。”随后，她把身上的穿戴全都解脱下来，抛到镜子前面的椅子上。老人有点惊诧，心想，这不是同白种人一样的习惯吗？料想不到，女人却是意外地温存。江口松开女人，说道：

“还没……呢？”

“老滑头，江口先生，真是老滑头。”女人重复了两次，温存依旧。老人酒劲上来，很快就入睡了。第二天早上，江口被女人梳妆的动静吵醒了。她正面对镜子梳理头发。

“你起得真够早啊！”

“因为我有孩子。”

“孩子？……”

“是的，有俩，还小呢。”

女人匆匆忙忙，没有等老人起床就出门走了。

这么苗条的女人竟生了两个孩子，令江口老人颇感意外。她的身材不像生过两个孩子，尤其是她的乳房，也不像是哺乳过的。

江口想在出门以前换件新衬衫，便打开旅行包，却发现包里整理得井井有条。在外的十天中，他把替换下来的衣物都卷成一团塞进包里，如要找东西，必须把旅行包翻得底朝天。在神户买的和别人馈赠的土特产等都往包里塞，弄得包里乱七八糟，鼓鼓囊囊，旅行包的盖子也合不拢了。因那包一直都是敞开的，所以能看到包里的物品。另外，老人从旅行包里拿香烟的时候，大概女人看到包里太杂乱了吧。即使如此，她为什么有心帮着整理呢？再说，她是在什么时候整理的呢？连替换下的贴身内衣等也都叠得整整齐齐，即使再是巧手之妇，也肯定要花费些时间的。估计是昨天晚上江口入睡后，那女人睡不着，就起来替他整理好旅行包啦。

“嗯？”老人看着熟练收拾过的旅行包，说道，“她打算干什么呢？”

翌日黄昏，女人穿着和服来到约定好的日本餐馆。

“你常穿和服吗？”

“嗳，时不时地穿穿……我不适合穿吧？”女人腼腆地笑道，“中午那会儿，朋友打来电话，说是想象不到，大为震惊啊！说你这人不错哩！”

“你说出去了？”

“是的，我毫无遮掩地全说了。”

逛街时，江口给女人买了一身和服的衣料及腰带料子，回到了饭店。从窗户可看到正在进港的船上的灯光。江口站在窗边一边同女人接吻，一边把百叶窗扇和窗帘都关合上。他拿起昨夜的威士忌酒瓶给她看，但女人摇了摇头。大概女人不想失态吧，便自我控制住了。她很快便进入了梦乡。次日清晨，随着江口起床，女人也醒了。

“啊！像死一般沉睡了呢！真的像死一般沉睡过去啦！”

女人睁大眼睛，一动不动。那是一双清透如洗，而且水灵灵的眼睛。

女人知道江口今天要回东京。女人的丈夫是从国外商社派驻神户期间同她结婚的，这两年回到了新加坡。不过，他下个月将再到神户与妻儿团聚。这些事情，也是女人昨晚说出来的。江口在听说这些事以前，不知道这个年轻的女人已经结婚，还是个外国人的妻子。她是从夜总会被轻而易举带出来的女人。江口老人昨天晚上一时冲动去了夜总会，见邻桌有两名西洋男客人和四位日本女客人，其中一个中年女人认识江口，所以便打了招呼。这个女人好像是带领他们过来的。两个外国人都离席去跳舞后，女人便劝江口是否跟年轻女人去跳舞。江口在跳到第二支曲子的一半时，就试着邀她一起脱身出去。年轻女人好像乐于调情，毫不推托地就随他来到饭店。倒是江口老人进入房间之后，觉得有点尴尬。

江口与有夫之妇，而且是外国人的日本太太干出了逾矩之事。女人似乎生性大大咧咧，竟撒手让保姆看孩子而外宿不归，且没流露出已为人妻的愧疚感，所以对江口来说，也没觉得逾矩的实际感受强烈袭来，但内心仍然留下了自责的阴影。然而，女人向他说的像死一般沉睡的那种喜悦，恍若充满朝气的曼妙之音留驻下来。那个时候，江口六十四岁，女人在二十四五岁到二十七八岁之间吧。老人甚至想，这可能是最后一次跟年轻女子交欢吧。仅仅两个夜晚，即使事实上只有那一夜也好，像死一般沉睡的她，已成为江口不能忘怀的女人了。女人曾来信说，如果他来关西，还想再次会面。她在自那以后一个月的信件里，告知江口自己的丈夫已回到神户，并说这也无关紧要，仍然想会面。再过一个多月，又寄来了内容相同的信。此后，便杳无音信了。

“哈哈！那女人怀孕啦！第三胎……肯定是这样吧。”江口老人这样自言自语，是在三年后躺在被弄得死一般沉睡的少女身边，想起那个女人的时候。迄今为止，他从没有考虑过这件事。为什么如今油然惦念起这件事了呢？江口自己也感到不可思议，可一旦思考起来，总觉得肯定会是那样的。女人不再来信，就是因为她怀孕了吧。果然如此！江口老人脸上似乎浮现出了微笑。迎来从新加坡归来的丈夫，女人便怀孕了，好像她与江口的私通从女方那边洗刷掉了，使得老人如释重负。于是，女人的身子便令人眷恋地浮现出来。那浮想不伴随色情。紧实细俏、光洁润滑、标致舒展的身子，会被认作年轻女子的象征。虽然怀孕是江口的随意想象，但他却作为铁定的事实而确信不疑。

“江口先生，您喜欢我吗？”这是女人在饭店的问话。

“喜欢呀。”江口答道，“这是女人最惯常的询问吧？”

“不过，我还是……”女人闭口，没有再往下说。

“你怎么不问，喜欢我的哪个地方？”老人开玩笑地反问她。

“好啦！到此为止。”

女人刚一问喜不喜欢她，江口就明确表态喜欢。而且，江口老人在三年后的今天仍念念不忘。女人生了第三个宝宝，她的身子依然像没生过孩子那样吧？对女人的眷恋之情向江口袭来。

老人几乎忘掉了身旁被弄得酣睡的小姑娘，可令他回想起神户女人的正是这位姑娘。姑娘的手背贴在面颊上，胳膊肘向外撑开，老人感到碍事，就握住那只手腕放进了被窝里。可能电热毯太暖和，姑娘的肩胛骨都蹿到了被子外面。那娇小肩头的清纯圆弧距江口近在咫尺，几乎要碰到他的眼睛了。那圆弧眼看着就要包进老人的手掌中，可他又放弃了尝试着握住它的念头。她的肩胛骨也没有被肉掩住，清晰可见。江口还想顺着这块骨头抚摸下去，也作罢了。他只是把披在姑娘右脸颊上的长发轻轻拨开。受四周深红色天鹅绒帘幕的映照，在天花板上的微弱灯光下，姑娘的睡容显得十分柔美。她的眉毛没有修饰，长长的睫毛整整齐齐，似乎能用手指尖捏住。下唇的正中间稍微肥厚，牙齿没有外露。

没有比少女清纯的睡容更加美丽的了——江口老人在这家旅店里如此认为。这难道就是人世间的幸福抚慰吗？多么漂亮的美人也遮掩不住睡容显现出来的年纪。即使不是靓女，有副年轻娇嫩的睡容就足矣。或许，这家旅店专门挑选了睡容漂亮的姑娘吧。江口只消凑近姑娘娇小的睡容凝望，自己的生涯也罢，尘世的烦恼也罢，仿佛统统悄然消逝。在这种思绪中，即使仅仅吃下安眠药酣睡过去，肯定也是上天恩赐的一夜幸运。老人沉静地闭上眼睛，一动不动。这个姑娘既然能勾起我对神户的女人的思绪，似乎还会使我想起其他某些事情吧！他仿佛觉得入睡太可惜了。

神户的少妇迎来两年未归的丈夫而即刻怀孕，这随意的想象演变成不容置疑的确切事实，继而这种必然似的实感迅速粘上了江口老人，不离不弃。可以认为，那女人和江口私通而怀孕生下的孩子，不会让人觉得羞耻和龌龊。老人将女人的怀孕和分娩当作真实之事，从而感到了神的保佑。对那个女人来说，一个幼小的生命成活并蠕动着。事到如今，江口好像才不得不自认老衰了。然而，那女人为什么毫不在乎、泰然自若地温顺地以身相许呢？这在江口老人近七十年的人生中，好像也是绝无仅有的。女人既无娼妓的风尘气，也无水性杨花的轻浮感。比起在这家旅店躺在被怪异地弄得酣睡的姑娘身旁，江口倒没怎么感到罪恶。到了早上，女人爽快地赶回还有小孩子在的家，这种离别方式也令作为老人的江口颇为惬意，他从床铺上目送着她。江口认为这也许是与年轻女人的最后一次，对方成了他不可忘却的女人。那女人恐怕也绝不会忘掉江口老人吧。即使不深深伤害二人，一直在余生中隐秘下去，他们二人也绝不会彼此相忘吧！

然而，不可思议的是，现在令老人回想起神户女人诸多往事的，正是这“睡美人”的见习小姑娘。江口睁开了闭合着的双眼。他试着用手指轻轻抚弄小姑娘的睫毛。姑娘皱了皱眉头转过脸去，结果张开了嘴唇。她的舌头紧贴着下颌，宛如沉下去似的缩得很小。在那稚气十足的舌头正中间，有一道可爱的凹沟。江口老人感到那十分诱人。他窥视着姑娘张开的嘴。假若勒住姑娘的脖子，这小舌头会痉挛吧。老人想起了以前曾遇到过比这姑娘更年幼的娼妓。虽然江口没有这类兴趣，但那是做客受招待的时候安排的一个项目。那个小女孩不断使用单薄的细长舌头。湿漉漉的。江口觉得乏味。那时从街上传来了撩拨人心似的大鼓声和笛声。像是祭典之夜。小姑娘眼角细长，一副好胜的长相，她的心思根本不在作为客人的江口身上，并且做事还急匆匆的。

“是祭典吧。”江口说，“你是想早点儿去看祭典吧？”

“哟！你什么都知道啊。是的，我已经跟朋友约好，偏偏又被叫到这里。”

“那好吧。”江口终于避开小女孩湿润冰冷的舌头，“你就做到这里，赶快去……到神社去看敲大鼓的！”

“但是，那会挨这儿老板娘臭骂的。”

“没关系，我会巧妙地糊弄过去。”

“是吗？真的吗？”

“你几岁啦？”

“十四岁。”

姑娘对男人毫无羞耻感。她是个马大哈，对自己也不觉得屈辱和自暴自弃。她更衣装扮也是匆忙草率，一门心思赶着上街去看祭典。江口叼着香烟，听了一会儿大鼓呀，笛子呀，以及小摊叫卖的声音。

江口怎么也想不起来那时自己多大岁数了，即使到了毫无吝惜地让那小姑娘去看祭典的岁数，也不是像如今的这般老人。今夜的姑娘要比那个小姑娘年长两三岁吧，假若与那个小姑娘相比，她则具有体现女人风情的肉感。首先，最大的不同点在于她被弄得一直酣睡，绝不会醒来。纵然祭典的大鼓声响彻街市，她也不会听到。

侧耳倾听，仿佛一阵微弱的寒风刮到了后山。此时，从姑娘微微张开的嘴唇冒出的温暾的热气，向江口老人脸上轻拂过来。映照在深红色天鹅绒上的微弱光亮，竟然一直照射到姑娘的口中。老人觉得，这姑娘的舌头不像那个小姑娘的那样湿漉漉、冷冰冰的。老人再次感到了强烈的诱惑。在这"睡美人"之家，江口老人头一次见到露出舌头熟睡的这位小姑娘。比起想将手指伸进嘴里触摸舌头来，老人现在似有种更加兴奋亢进的邪念在胸中涌动。

不过，那种邪念伴随着一种甚为恐怖的残虐行为，而此刻江口的头脑中并没浮现出何种确切的方式。所谓男子侵犯女子的极端恶行到底是什么性质呢？譬如，与神户的有夫之妇、十四岁娼妓所为的那等事，只是漫长人生中的一瞬，并在一瞬间消失殆尽。与妻子结婚、养育女儿们等，表面上被认为善，但时光是漫长的，江口绑架了那漫长的时光，掌管着女人们的人生，或者，连她们的性格也扭曲了，莫如说这也许就是恶。也许，恶的意识混杂于世间的习惯、秩序之中，使人对恶的感觉麻痹了。

躺在被弄得酣睡的姑娘身旁，肯定是实实在在的恶！假如杀掉姑娘，则更加坐实了恶行。勒住姑娘的脖子也好，捂住她的嘴和鼻子使她窒息也好，似乎都是易如反掌的事。然而，小姑娘张着嘴，露出稚嫩的舌头熟睡着。江口老人想：如果把手指放在那舌头上，舌头会像婴儿吮吸乳头一样卷成一团吧？江口将手搭在姑娘的鼻子下面的下巴颏上，遮住了她的嘴。一松开手，姑娘的嘴唇又张开了。即使她在熟睡中嘴唇微启，也十分可爱，老人从中看到了姑娘的稚幼。

姑娘太过年轻，这反而令江口不时在心中闪现出作恶的感觉，但对偷偷来到"睡美人"之家的老人们来说，不光是孤寂地追悔逝去的青春，也有的是为了忘却一生中所犯下的恶行吧。不消说，介绍江口来这里的木贺老人，没有向他透露其他客人的秘密。恐怕这家的会员顾客不怎么多吧。而且，从世俗方面也可推测到，这些老人皆为事业成功者，而不是失落者。然而，他们的成功是由作恶所获得，也有的需要重复作恶才能持续守住取得的成功吧。他们不是心安理得的人，反倒是心怀恐惧的人、惨败的人。当他们抚摸着被弄得酣睡的年轻女人的肌肤躺下来时，也许，从他们心底蹿上来的，不都是对行将就木的恐惧，对失去青春的悲哀绝望吧？或许也有的是对自己犯下的背德之悔恨，以及成功者常有的家庭之不幸。老人们心中恐怕没有可以下跪参拜的佛。他们紧抱赤裸的美女，流下凄冷的泪水，呼天抢地地大哭，毫无顾忌地喊叫，尽管如此，姑娘却丝毫不知，绝不醒来。老人们既感觉不到羞耻，也不会伤害自尊心。在这里，他们完全可以自由地悔恨，放任地悲伤。由此看来，那"睡美人"不就是神佛吗？而且，是活着的肉身。姑娘的柔嫩肌肤和青春气息，似乎能够宽容和抚慰这种悲哀的老人吧。

头脑中冒出这种想法，江口老人便沉静地闭上了眼睛。在过去三个“睡美人”当中，年龄最幼小、一点也没妆扮的今夜这个姑娘使江口油然产生出了这种想法，真是有点不可思议。老人紧紧抱住了姑娘。在此以前，他避免触碰到姑娘的任何部位。姑娘似乎被老人的身子完全包裹住了。姑娘的力量已被剥夺，没做反抗。她的身躯纤细得令人怜悯。姑娘尽管处在深度睡眠中，但她大概感知到了江口而合上了张开的嘴唇。她那突出的腰骨硬邦邦地抵到了老人。

“这个小姑娘将会度过什么样的人生呢？即使达不到所谓的成功、出人头地，也终会迈入平稳的一生历程吧？”江口思绪良多。凭借今后在这里安抚、救赎老人们的功德，她有望获得后福。江口甚至思忖，或许这位姑娘犹如传说中的那样，是不是什么佛的化身呢？不是有个传说，讲妓女和妖妇都是佛的化身吗？

江口老人心情平静下来，一边轻柔地攥着姑娘的辫子，一边自我忏悔过去的罪过和背德。想不到，浮现于他心头的却是过去的女人们。老人难得回想起来的，并不是基于交往时间的长短、容貌的美丑、头脑的聪明与愚笨和人品的好坏。譬如神户的少妇曾感叹：

“啊，我像死一般沉睡过去啦！真的像死一般沉睡过去啦！”现在江口回想起来的正是这种女人。她们是沉醉于江口的爱抚并敏锐地回应，耽溺于失神的愉悦快感的女人。与其说这是源于女人的爱的深浅，倒不如说是基于其与生俱来的生理反应吧。这个小姑娘熬大成人后会是什么样子呢？老人用抱着姑娘后背的手掌向下抚摩。然而，老人不会以这种手法搞明白的。以前在这家旅店睡在像是妖妇的姑娘身旁，江口回想了六十七年的过去，自己是如何感触人类的性之广度、性之深度的，可他也感受到这种思绪实际上就是自己的老衰，但不可思议的是，今夜的小姑娘反而栩栩如生地唤醒了江口老人的性的经历。老人轻轻地将嘴唇贴向姑娘缩起的嘴唇。什么味道也没有。干巴巴的。好像没有任何味道反而好。江口也许不会再与这个姑娘相会了。待到这个小姑娘的嘴唇滋润出性的味道而蠕动时，江口也许已经不在人世了。即使那样，他也绝不会孤寂。老人把离开了姑娘嘴唇的嘴唇，从姑娘的眉毛滑移至睫毛。姑娘大概发痒，微微摆动一下脸蛋儿，将额头顶在了老人的眼眶上。一直合着眼的江口更加紧紧地闭合了双眼。

在那眼睑后面恍惚不定的幻影似的图像眼看要浮现出来时便消失了。终于，幻影有了雏形。好多支金黄色的箭在近处飞过。箭头附着深紫色的风信子花。箭尾带有五颜六色的卡特兰花[1]。真漂亮！然而，箭飞得那么快，花就不掉落下来吗？不掉落下来是不可思议的，江口老人感觉危险，便睁开了眼睛。刚才他打了个小盹。

1 兰科西洋兰的一种。高30—50 cm，花径10—20 cm。花色丰富，供观赏用。原产美洲热带。

枕头旁边的安眠药还没吃。他一看放在药旁边的手表，已经十二点半了。老人把两颗安眠药搁在手心里，暗忖今晚没受年迈的厌世和寂寞的侵袭，就此入睡未免可惜。姑娘鼻息安稳。给她灌了什么药呢？或是给她注射了什么药呢？她丝毫没有痛苦的表情。也许她服了大量的安眠药，或者是轻度的毒药，现在江口也想沉睡一次，就像她那样的深度睡眠。他悄悄爬出被窝，从深红色的天鹅绒房间向隔壁房间走去。他打算向这家旅店的女人讨要与姑娘服用的相同的药，便按下了叫人电铃，可铃声只是一直响着，报知他的是房外和屋内的寒冷。江口也忌惮让秘密之家的叫人铃声深更半夜一直鸣响。这片土地还很温暖，所以冬天的树叶也还稀疏地萎缩在枝头上；尽管如此，仍传来似有若无的风儿拂动庭院中落叶的声响。拍击崖壁的波涛今晚也平缓多了。无人的静谧，令人感觉这所房屋恍若幽灵宅邸，江口老人冻得肩膀发抖。老人是穿着单薄睡衣就出来的。

回到密室，但见小姑娘的脸颊红扑扑的。电热毯已调低了温度，大概是姑娘年轻火气旺盛吧！老人挨近姑娘驱寒取暖。姑娘热得将胸脯蹿到被子外，脚尖也伸到了榻榻米上。

“会感冒的呀。”江口老人说道，感觉到了年龄之间的巨大鸿沟。娇小温暖的姑娘被江口严严实实地搂抱在怀中，真是太好了。

次日清晨，江口一边请这家的女人上早餐，一边问道：

“昨晚我按响了呼叫铃，你没有发觉吗？我也想服跟姑娘一样的药，像她那样酣睡。”

“那是违禁的。首先，对老人来说十分危险哟。”

“我心脏强健，不必担心呀。假若永远醒不过来，我绝不后悔。”

“您才来三次，就已经变得讲这种任性话啦！”

“在这家旅店能够通融的最任性的事是什么呢？”

女人厌烦地瞥了一眼江口老人，脸上浮出了轻蔑似的浅笑。

四

从早上起就晦暗的冬季天空，黄昏前又飘落起冰冷的小雨。当江口老人意识到那雨已变成雨夹雪时，他已迈入“睡美人”之家的大门。仍是那个女人，悄悄地把门关好，上了锁。凭借女人为脚下照路的手电筒的微光，才看见了掺杂在雨中的白色颗粒。小白粒只是稀稀拉拉，显得很柔软，一落到通向门厅的踏脚石上就融化了。

“石头湿滑，您可要小心！”女人一手撑伞，一手搀扶着老人的手。从老人的手套上传来了那中年女人手上令人厌腻的温热。

“不要紧！我没事。”江口说着，甩开了女人的手，“我还不是需要你搀扶的老头哩。”

“石头太滑了。”女人说道。石头周边的枫树落叶还没有清扫。有的落叶已经萎缩变色，可被雨水淋湿后反而显得十分光亮。

“也有手脚不便的老头来吗？非得由你抱着、搀着手不可的那种？”江口老人询问女人。

“其他客人的事不是您该打听的。”

“然而，那些老人入冬后可就危险喽，要是在这儿因脑出血、心脏病死了，那该怎么办？”

“假若真有这种事发生，我们就得关门啦。对客人来说，也许是往生极乐吧。”女人冷淡地回答。

“你也不会简单了事的呀。”

“嗬。”女人不动声色，真不知她以前是干什么的。

进了二楼的房间，室内一如往常。只是壁龛的红叶山村图换成了雪景画。这个肯定也是复制品。

女人一边娴熟地冲泡上等煎茶，一边问道：

“您还是突然打个电话就过来啦。是不是以前的三位姑娘，您都不中意呢？”

“不，那三位我都喜爱有加，真的。”

“那么，您至少在两三天前预约哪位姑娘，不是更好吗……真是个花心客。”

“这就叫花心吗？跟酣睡的姑娘也……她不是毫无知觉吗？无论是谁都是一个样吧！”

“即使酣睡，也仍然是肉身之躯的女人呀。”

“有姑娘问起昨晚的客人是什么样的老人吗？”

“那是绝对不能说的。这是本店严格的制度，请您放心。”

“可是，过度移情于一个姑娘会惹麻烦的这种论调，我想是出自你口吧？至于在这里的（花心）事，以前你跟我讲的，与我今晚向你说的，好像就是一码事，你还记得吧？今夜正巧完全倒过来啦。真奇妙！你也表现出了女人的本性……？”

女人薄嘴唇的边角，浮现出讥讽的微笑，说道："大概您从年轻时候起，就是惹很多女人哭的主吧。"

江口老人对女人这出其不意的话语感到震惊，忙说："哪里的话，别开玩笑！"

"您当真了，这才可疑呢。"

"假若我是你所说的那种男人，就不到这种旅店来喽。来这里的，全是对女人充满依恋的老人吧。即使悔恨，即使挣扎，如今老人们也不会重返青春喽。"

"哟，此话怎讲？"女人依然不动声色。

"上次来时我也问过你，在这里允许老人为所欲为的最大限度是什么？"

"嘿，姑娘已经睡着啦。"

"我能吃与姑娘一样的药吗？"

"上次我不拒绝过了吗？"

"那么，老头能做的最坏的事是什么？"

"这家旅店，没有恶行。"女人压低娇滴滴的嗓音，好像要镇住江口似的说道。

"没有恶行吗？"老人嘟哝一句。女人乌黑的双眸沉稳泰然。

"假如您想勒住姑娘的脖子害死她，也不过像是拧断婴儿的手那样……"

江口老人心中生厌，说："她被勒死，也不会醒吗？"

"我认为是。"

"要拉着她与我一起殉情，倒挺合适的。"

"当您感觉一个人自杀寂寞的时候，请自便。"

"在比自杀更寂寞的时候呢？"

"对老人来说，大概有这种时刻吧。"女人依旧泰然自若，"您今晚喝酒了吧？说了这么多奇谈怪论。"

"我喝了比酒更可恶的东西来的。"

女人到底还是偷偷瞥了一眼江口老人的脸，轻蔑似的说道：

"今晚是个暖烘烘的姑娘，而且又是在这种寒夜，真是再好不过啦。您去暖暖身子吧！"说完，她便下楼走开了。

江口打开密室的门，感觉女人的甘甜气味前所未有地浓郁。姑娘面朝里熟睡着。虽然还谈不上是阵阵鼾声，可熟睡的鼻息声倒颇深沉。她好像是个大块头。不能确定是否为深红色天鹅绒的衬映所致，她那浓密的头发似乎泛出些许红褐色。从厚实的耳朵到粗脖子的肌肤仿佛挺白皙的。正如女人所说的那样，看着她就觉得暖洋洋的。尽管如此，她的面容却不显潮红。老人一钻进被窝贴近姑娘身后，就不由地发出一声："啊！"

姑娘的身子温暖倒也温暖，可肌肤滑润得像能粘住人似的，散发出的体味还带有潮气。江口老人闭目良久，一动不动。姑娘也纹丝不动。她的腰部以下颇为丰腴。与其说她身上的温暖浸透着老人，倒不如说那温暖已把老人笼罩起来了。姑娘的胸部也很丰满，乳房大而不挺，乳头却小得出奇。刚才旅店的女人说了“勒死”这个词，可老人细思极恐、被那种诱惑吓得发抖，却是因为姑娘的肌肤。倘若把姑娘勒死了，她的身体会散发出什么气味呢？江口强行想象姑娘白天站立、走路时的丑态，极力从万念中逃脱出来。他稍微静下心来，暗忖：姑娘的行走姿势难看又能怎么样？有形态漂亮的腿脚又能怎么样？何况对六十七岁的老人来讲，她只是同眠一夜的姑娘，她的贤惠或愚蠢、教养的高或低等等又有何妨呢？如今不就是仅仅抚摩着的这个姑娘吗？而且，姑娘是被弄成酣睡的，根本不知道老丑的江口在抚摩着她，不是吗？即使到了明天，她也不会知道。她纯属玩物呢，还是牺牲品呢？江口老人只不过是第四次来到这家旅店，但随着屡屡来访，今夜特别感觉自己内心的认知也麻木起来了。

今夜的姑娘也被弄得已习惯了这家旅店的规程吧，也变得满不在乎悲哀的老人们了吧。虽然江口抚摩着她，可她的身子纹丝不动。无论多么非人的世界都会凭借习惯而变为人的世界。所有的不道德都会在世间的黑暗处藏匿着。只是江口与到这家旅店来的老人们稍有不同，也可以说迥然相异。介绍这家旅店的木贺老人失算，以为江口老人也跟他们一样吧，可江口依然是一个名副其实的男人。因此，也可认为江口还不了解来这家旅店的老人们真实的悲哀与喜悦，抑或懊悔和寂寞。对江口来讲，未必要将姑娘弄成酣睡不醒的状态。

譬如，对第二次来这家旅店时见到的那位像妖妇的姑娘，江口就险些为之破禁，只因惊奇于她是个处女而控制住了自己。自那次以后，他发誓要坚守这家的禁律，抑或让“睡美人”感到安心，同时发誓决不捅破老人们的秘密。即使如此，这家旅店叫来的姑娘似乎全是处女，其居心何在呢？或许这是老人悲哀的期盼吧？江口觉得自己仿佛明白了，又觉得好像还糊涂着。

然而，今夜的姑娘长相挺怪异的，这令江口老人难以置信。老人抬起胸，把胸部靠在姑娘的肩膀上，端详着姑娘的脸蛋儿。如同体形一样，姑娘的五官也不匀称。可想不到的是，她却显得天真烂漫。她是个大圆脸，鼻端稍宽，鼻梁低平。她的发际线靠下，属形似富士山的漂亮的前额发际[1]。眉毛很普通，短而浓密。

“挺可爱的呀。”老人嘟囔一句，将脸颊贴在姑娘的脸颊上。这里也很滑润。可能姑娘感觉肩膀受压吧，便翻身仰卧了。江口缩回了身子。

也许是因为姑娘的体味甚为浓烈，老人就这样不动闭目良久。都说在这个世上，气味最能唤起逝去的记忆，何况这又是过于浓烈的甜蜜气味呢。此时他想起的只是婴儿的奶腥味。虽然这两种气味截然不同，却都是人间一种原始的气味吧！自古就有老人将少女散发出来的香气奉为长生不老药。这姑娘的气味仿佛不是真正的幽香。如果江口老人对这个姑娘做出违反这家旅店的禁戒之举，姑娘会散发出令人作呕的

1 原文为“富士额”，指形似富士山的女性的前额发际，被作为美女的条件之一。

腥臭味。然而，持有这种想法，不正是江口业已老矣的标志吗？不正是像这个姑娘这样的浓烈气味，以及腥臭味，才是人类诞生之本吗？她像是容易怀孕的姑娘。虽然她被弄得酣睡，可其生理机能并没停息，明天之内她是会醒的！假设怀了孕，那也是在她毫不知情的状态下怀上的。江口老人也六十七岁了，倘若把这孩子一个人留在这世上，会是什么情形呢？引诱男人到“魔界”的，好像是女人的身体。

然而，姑娘被迫完全丧失了一切防备能力。为了老年顾客，为了悲哀的老人，她一丝不挂，也绝不醒来。江口为自己也这么无情而感到痛心，突发奇想地嘟哝起来：老人有道死的坎儿，年轻人有道恋的坎儿，死只是一次，恋则有若干次。虽然这是突发奇想的话语，但它却使江口沉静下来。当然，他原本也没那么亢奋。房子外面传来细微的雨夹雪的声响。大海的涛声似乎也消逝了。老人眼前浮现出了那片大海，雨夹雪落在海水中便融化了。一只硕大秃鹰似的猛禽，衔着血糊糊的东西掠过黢黑的波浪盘旋着。那不是人类的婴儿吗？不该有那种事吧！再一瞧，那仿佛是人类的背德的幻象。江口在枕头上轻轻摇了摇头，消除了幻象。

“啊！好暖和。”江口老人叹道。这不全是有电热毯的关系。姑娘把盖着的被子往下拽，露出了半个胸脯。虽然胸脯丰满而肥大，但略欠高低起伏。深红色幕帘的颜色朦朦胧胧地映现在她白皙的肌肤上。老人一边端详着那漂亮的胸脯，一边用一只手指的指尖沿着她那富士山形的前额发际线勾画着。姑娘转身仰睡后，继续平静地长长呼吸着。在她娇小的嘴唇后面，是什么样的牙齿呢？江口捏住她的下唇中央，稍微拉开看了看。她的牙齿不像嘴唇那么娇小，不过还是属于碎小型的，排列整齐，齿面光洁。老人松开手，姑娘并没将嘴唇闭拢成原先那个样，仍旧稍露出几颗牙齿。江口老人用被口红染红的指尖，捏住姑娘肥厚的耳垂磨蹭，将未揩净的地方蹭到了姑娘的粗脖子上。在她那雪白的脖子上，着实留下了一条似有若无的红线，颇为可爱。

江口觉得，她仍是处女吧。老人曾对在这家旅店第二夜遇到的姑娘产生疑心，并对自己的卑鄙下流感到震惊和悔恨，所以这次也就无意去查明了。不管是与不是，对江口老人来讲，这又算什么呢？不，老人刚觉得未必如此时，就似乎听到自己体内有种嘲笑自己的声音。

“要嘲笑我的是恶魔吗？”

“恶魔？可不是那么寻常的怪物哟。你不是只顾夸张地考虑着你这个行将就木之人的感伤和憧憬吗？”

“不，我只是站在比我们还悲哀的老人们这一方，来思考这些的。”

“哼！胡说八道！你这个缺德鬼！遇事就推诿的家伙，比缺德者还臭不可闻！”

“说我是缺德鬼？随便你叫吧！然而，处女是纯洁的，不是处女的姑娘为什么就不纯洁呢？我到这里并不是冲着处女而来的。”

"因为你还不晓得真正老衰的憧憬吧。不许再来啦！万一的万一，是万一的万一哟，即使姑娘半夜醒来，你不认为也很少有老人感到羞耻吗？"如此等等，江口脑中浮现出了自问自答似的对话，不消说，当然不会是因为那些对话而总使处女熟睡着的吧。江口老人才第四次来这里，却对清一色的处女感到怪异了。这难道真是老人们的心愿、希冀吗？

不过，如今的"假如姑娘醒来了"这个念头格外引诱江口。被弄得酣睡的姑娘受多大的刺激，或受到什么样的刺激才能醒来呢？即使是蒙蒙眬眬也好。譬如，她被砍断一条胳膊，或她的胸部、腹部被刀深深刺进，恐怕她不会继续熟睡吧？

"变得够坏的啦！"江口老人对自己嘟哝道。到这里来的老人们的那种衰弱无力，过不几年也将出现在江口身上吧。他心中冒出了残虐的念头。毁掉这种旅店，也使自己的人生毁灭吧！然而，今晚这里被弄得酣睡的姑娘并非所谓标致的美女，而是可爱的美人，这大概缘于她露出了又白又宽的胸脯，显得亲切吧！毋宁说，这好像是忏悔之心的逆表现。似乎在怯懦地度过的人生中也有忏悔。也许他连一起去椿寺观赏落瓣山茶花的小女儿那种勇气都没有。江口老人合上了双眼。

——沿着庭院里的踏脚石，旁边是修剪过的低矮花木，两只蝴蝶在那儿嬉戏。它们时而隐匿于花木中，时而贴着花木低飞，其乐融融。两只蝴蝶向上飞到花木的稍高处翩翩曼舞，突然从花木繁叶中又飞出一只来，接着又飞出来一只。刚觉得这是两对夫妇蝴蝶，倏忽间又冒出五只混入其中。眼看着一场争斗似将开始，却又有蝴蝶从花木中接连不断地飞出来，庭院尽现群舞的白色蝴蝶。蝴蝶都不向高处飞。而且，低垂伸展的枫树枝梢，在若有若无的微风中摇曳着。尽管枫树的枝梢纤细，可上面却长着大片的叶子，所以对风特别敏感。蝴蝶的数量在不断增加，白色的蝴蝶群宛若白色的花圃。一看到全种着枫树的地方，江口老人就感觉这个幻象与这“睡美人”之家有关联吧？幻象中的枫叶一会儿发黄，一会儿变红，使蝴蝶群的洁白鲜明地凸显出来。然而，这家旅店的枫叶已经落尽——虽然也有少许枯萎在枝头上，可现在正下着雨夹雪。

江口将外面下的雨夹雪的冷冽忘得一干二净。看来，这白蝴蝶飞舞的幻象是缘于姑娘在身旁摊展开那丰满的雪白胸脯吧？难道姑娘身上存有驱赶老人邪念的什么法力？江口老人睁开眼，端详起这宽阔胸脯上的粉红色小乳头。它仿佛是善良的象征。江口把半边脸颊搭在了她的胸脯上，眼睑的后面似乎温热起来。老人不由得想在这姑娘身上留下自己的印痕。如果打破这里的禁律，姑娘醒后必然很苦恼。江口老人还是在姑娘的胸脯上留下了几个渗出血色的印痕，自己吓得发抖。

“会着凉的。”说着，江口把被子往上拉了拉，将通常放在枕头旁的两粒药全都吃下了。“好沉，看不出你这么胖。”

说着，他便垂手搂着姑娘转过身来。

次日清晨，江口老人被女人叫早两次。第一次时女人不耐烦地敲着杉木门说：

“先生，都九点啦！”

“哦，我已经醒了。这就起来。外屋很冷吧？”

“我早就生好炉子烘暖着呢。”

“那雨夹雪呢？”

“停了。可天还阴着。”

“是吗？”

“我刚才就准备好早餐了。”

“哦！”老人不耐烦地答道，又恍恍惚惚地合上了双眼。他一边靠近少女那无与伦比的美肤，一边想：“地狱的魔鬼会来叫我的。”

连十分钟还没过，女人就第二次来叫他了。

“先生！”女人急促地敲着杉木门说，“您又睡着了吗？”声音也尖利起来。

“没锁上呀，那门。”江口说。女人进来了。老人迷迷糊糊地站起身来。女人帮睡眼惺忪的江口换衣服，直到为他穿好袜子，但手上的动作似不情愿。到了隔壁房间，她与往常一样，娴熟地沏好了煎茶。然而，她对悠然品茗的江口老人翻了个冷峻的狐疑白眼，说：

“昨晚的女孩，是不是相当满意？”

“噢，不错。”

“那就好啦！做美梦了吗？”

“梦？我什么梦也没做。睡得死死的。近来从没睡得这么好。”江口打了个半截子的哈欠，说，“还未完全醒过来。”

“大概您昨天疲倦了吧？”

“是因为那姑娘吧！那姑娘，经常亢奋吗？”

女人低下头，神色紧张起来。

“有件事想恳求你。”江口老人郑重其事地说，“早餐之后，能再给我那种安眠药吗？求你了。我会给你谢金。我不知道那姑娘什么时候醒来……”

“岂有此理！”那女人阴沉的脸霎时蜡黄，连肩膀都僵硬了。她嚷道：“您说什么呀？凡事要有个限度！”

“限度？”老人正要绽出笑容，可是没能笑出来。

女人大概怀疑江口对姑娘做出了什么违禁的事，慌忙起身去了隔壁房间。

五

过了新年，海上的惊涛骇浪彰显出了隆冬的声音。陆地上倒没有那么大的风。

“哟！这么寒冷的夜晚还光临……”“睡美人”之家的女人打开门锁来迎接。

“因为冷，难道就不来吗？”江口老人说，“如此寒夜，享受着勃勃朝气的肌肤温暖，倘若猝死，岂不是老人的极乐？”

“别讲不吉利的话呀。”

“老人本是死的邻居嘛。”

仍是二楼的客厅，因生了炉火，暖烘烘的。女人一如既往端来了上等香茗。

“好像有贼风。”江口说。

“啊？”女人紧接着应道。她环顾四周说：“没有贼风呀。”

“不会有鬼魂在房间里吧？”

女人抖抖肩膀看了看老人。她的面容失去了血色。

“再来一杯，倒得满满的。直接冲上滚烫的开水就行。”老人嘱咐女人。

女人一面照其要求冲着茶，一面用冰冷的腔调问道：“您听到什么消息了吧？”

“嗯，是啊。”

“是吗？既然都听说了，何必还光顾呢？”大概女人感觉江口已经知道了吧，看来她也不想刻意隐瞒，可脸上却露出了厌烦的神色。

“您好不容易专程光顾，但还是要请您回去。”

“我是知道那事才来的，不行吗？”

“嘿嘿嘿……”越听越像恶魔的笑声。

“反正是会发生那种事吧？因为冬季对老人是危险的……只在隆冬时节，这家店也歇业，怎么样？”

“……”

“虽然弄不清来的老人身体状况如何，但要是接二连三地死掉，就是你，也不会简单了事的哟。”

“那种事请跟店主说去，我能有什么罪？”那女人的脸色变得更加蜡黄了。

“有罪哟。不是把老人的遗体搬运到附近的温泉旅店去了吗？趁着黑夜偷偷地……你肯定也帮了忙。”

女人的姿态变得硬直起来，双手像要抓住膝盖似的。

“这是为了那老人的声誉呀。”

“声誉？死人也有声誉的呀。这种事啊，也要顾及面子的吧。与其说这是为了死去的老人，倒不如说是为了他的遗族。这些都是瞎操心的事……那家温泉旅店跟这家旅店是不是同一个老板？”

女人没有回答。

“那老人在这里死在赤裸姑娘的身旁，我想这事报纸也许没透露这么详细吧。如果我是那位老人，就不要把我搬出去，好想保持原样放在那里，我觉得这样挺幸福啊。”

“这种事还要验尸啦，接受一些烦琐的调查啦等等，而且房间也要稍加改造，否则会影响老主顾和其他客人吧。还有对那些陪睡的姑娘们也……”

“姑娘不会知道老人死了而仍沉睡着吧。尽管死者稍有挣扎，也不会把她惊醒吧。”

“是的，那个……不过，假设老爷子决定在这里去世，就必须把女孩搬出去，藏在某个地方。即使如此，好像也会令人多少判明他身旁曾有过女人吧？”

“什么，要把姑娘挪出去？”

“不过，那不显然构成犯罪了吗？”

“就算老人死后变成冰凉的尸体，姑娘也不会醒来吧？”

“是的。”

“身旁的老人死了，姑娘却全然不知哪！”江口再次说了似乎同样的话。那老人死后，也不知过了多长时间，被弄得酣睡的姑娘仍然热乎乎地挨着冰凉的遗骸。连遗骸搬走了，姑娘也毫不知晓。

“我的血压啦，心脏啦，都没问题，你不必担心，但若万一出事，能否不要把我搬到温泉旅店，就让我保持原样睡在姑娘的身边?”

“岂有此理?”女人慌张起来,“您还是回去吧,竟然说出这种话来!”

“开玩笑嘛。”江口老人笑了。正像对女人说的那样,江口不认为猝死会降临到自己身上。

即使如此,死于这家旅店的那位老人的葬礼,在报纸告示上也只写着“猝死”。江口在那个葬礼上与木贺老人碰面,木贺对他一番耳语,江口方得知详情。那老人是死于心绞痛。

“那家温泉旅店嘛,不像是他去住的旅店呀。他有其他定点的旅店。”木贺老人告诉江口老人,“所以,有些人私下里议论,说福良专务董事[1]是不是安乐死呢?当然,那些人毫不知情。”

“哦。”

“也许是假性安乐死,而不是真正的安乐死,这可比安乐死苦多喽。我跟福良专务董事是至交,当即心中就明白出了事,马上就去调查了。然而,我跟谁也没说。遗属也不知道哟。那报纸上的告示不是挺有意思的吗?”

报纸告示列出两条。第一条的落款是福良的嗣子和太太的名字。下面一条是公司发出的。

“因为福良太这个样了吧?”木贺说着,比画出粗脖子、大胸脯,特别是大腹便便的样子给江口看,“你也要小心为

1 股份公司的业务执行机关董事会的成员之一,通常辅助总经理负责公司整体的管理业务。

妙哟。”

“我可不必担心那些。”

“不管怎么说，他们还是把福良那么硕大的尸体，在深更半夜搬运到温泉旅店去啦。”

是谁搬运的呢？当然肯定是用车子的，可对江口老人来说，这过程颇为可怕。

“这次事件好像无人知晓内情就完事了，但出了这种事，我觉得那家旅店也维持不了多久。”木贺老人在葬礼中悄悄地说。

“会这样吧。”江口老人答道。

今天晚上，这女人也觉得江口知道了福良老人的事，她虽然不作隐瞒，但也留心提防着。

“那姑娘真的一无所知？”江口老人向女人提出了刁难似的询问。

“应该不会知道的，可看来那老人好像死前有点难受，使姑娘从脖子到胸脯都留下了挠抓的伤痕。姑娘不明就里，所以次日醒来时，只是说了声：‘真是个讨厌的老头儿。’”

“讨厌的老头儿？大概那是他垂死的苦痛所致吧。”

“还谈不上是受伤。只是身上留下散见的淤血，有点红肿而已……”

女人像是对江口无话不谈了，这样一来，江口反而无心询问了。总之，那个老人反正会在什么地方猝死吧。也许这是他如愿以偿的幸福猝死呢。只是像木贺所说的把那身躯硕大的死人运到温泉旅店的事，仍在刺激江口的想象："老衰的死都难看吧，嗨，也许那是临近幸福的天堂……不，不可能，肯定那老人坠落到恶魔的世界中去了！"

"……"

"他的那位姑娘是我也认识的姑娘吗？"

"这个无可奉告。"

"哦。"

"她从脖子到胸部还残留着抓挠的红道子，我让她一直休养到抓痕完全消失……"

"我想再来一杯茶。口渴了。"

"好的，我重沏新的吧。"

"出了那种事，纵然暗箱操作算是完事了，这家旅店也开不长了吧？你不这样认为吗？"

"可不是嘛！"女人缓缓地说，也不昂脸，沏好了新茶。

"先生，估计今天夜里幽灵会出来哟。"

"我倒想跟幽灵深切交谈呢。"

"您想谈什么呢？"

"谈谈男性的悲哀老年。"

"刚才我说的是玩笑话呀。"

老人啜了口香醇的煎茶。

"知道那是玩笑，可幽灵也在我身子里啊。你那身子里也有呀。"江口老人伸出右手，指着女人说。

"然而，那位老人死了的事，是怎么发现的呢？"江口问道。

“先觉察到仿佛有怪异的呻吟声，我就上到二楼来查看了。那时发现他的脉搏和呼吸都停止了。”

“姑娘不知道吗？”老人又问。

“这点动静，是不会使姑娘醒来的。”

“这点动静……？老人的尸体搬出去也不会知道喽？”

“是的。”

“那么，姑娘最了不起！”

“什么了不起呀？先生，您也别再闲扯了，请快到隔壁房间去吧。之前您一直都认为熟睡的姑娘了不起吗？”

“姑娘年轻的本身，对老人来说，也许就是了不起的。”

“您都说些什么呀……”女人淡淡一笑站起身来，稍微打开去往隔壁房间的杉木门说道，“姑娘已经睡着等着您了，请吧……对了，钥匙。”她把塞在腰带后面的钥匙抽出来递给了江口老人。

“哎呀呀，刚才忘记告诉您了，今夜有两个姑娘。”

“两个？”

江口老人颇为惊异，心想这与福良老人猝死或者姑娘们也得知了那件事有关吧。

“请。”说罢，女人转身走掉了。

江口打开杉木门，对他来说，已经没有第一次到这里时的那种强烈的好奇心和羞耻心了，但他仍觉得有点疑惑。

“这也是实习的吗？”

然而，与以前实习的“小姑娘”不同，这个似乎十分野蛮。她的鲁莽姿势几乎使江口完全忘却了福良老人的死。她俩挨在一起，那姑娘在这门口的近旁已被弄成酣睡状态。不知是不习惯有老头味的电热毯等物呢，还是体内火气十足而对严冬寒夜不屑一顾，姑娘把被子一直掀到心口那儿。她睡成了一个大字形——仰面而卧，两臂尽情伸展着。她的乳晕很大，呈紫黑色。从天花板射出的光亮映照在深红幕帘上，可她的乳晕颜色仍旧不美，从脖子往下的胸脯肤色也谈不上好看，却光黑油亮。似有轻微的狐臭。

“生命之本哪！”江口嘟哝道。对六十七岁的老人来讲，这样的姑娘会给他们注入元气。江口有点怀疑这姑娘是否为日本人。她还是十来岁的体征，尽管乳房大，但乳头却没有鼓胀出来。她身子骨紧实，并不胖。

“嗯——”老人拿起她的手来看，是长手指，而且是长指甲。她的身材也肯定是时兴的修长型吧！她到底会发出什么样的声音，又会有什么样的谈吐方式呢？在广播和电视中，江口特别喜欢几位女子的声音，当那些女子出场时，他有时会闭上眼睛，只听其声。老人想倾听这位被弄得酣睡的姑娘的声音的诱惑变得强烈起来。绝不会醒来的姑娘是不会真正言谈的。怎么做才能让她梦呓呢？当然，梦话的声音会变腔变调。再者，女人大概都能发出几种类别的声音，而她恐怕只会发出一种声音吧。从睡姿也可看出，她是个无拘无束的直性子，不会做作、装腔作势。

江口老人坐下来，摆弄着姑娘的长指甲。她的指甲怎么这么硬，这就是健壮的年轻人的指甲吗？指甲下面的血色鲜红鲜红的。他一直没有发现，姑娘还戴着细如棉线般的金项链。老人感到挺逗笑的。还有，尽管她在这寒夜将胸脯下面都露在外面，但好像额头上的发际线一带仍沁出少许汗水。江口从衣服口袋里掏出手帕为她擦了擦汗。浓烈的气味沾到了他的手帕上。他还擦拭了姑娘的腋下。这种手帕是不能带回去的，所以江口把它揉成一团抛在了房间的角落。

“咦！涂了口红。”江口低声自语。涂口红可是合情合理的吧，但江口却觉得此举之于这个姑娘逗人发笑，他稍作端详，说道：

“她做过兔唇修复手术呀！”

老人将扔掉的手帕捡回来，擦了擦姑娘的嘴唇。他发现那不是做过兔唇手术的疤痕，只是她上唇中央高高凸起，那道富士山形状的线条尤为鲜明，挺漂亮的。真想不到那部位这么可爱。

江口老人油然想起了四十多年前的接吻。他站在姑娘面前，轻轻地将手搭在她的肩膀上，冷不防将嘴唇凑近姑娘。姑娘将脸左闪右躲。

“不行，不行，我不要嘛。”

“好了，吻过了。”

“我可不想接吻！”

江口擦了擦自己的嘴唇，把沾上淡红色的手帕让姑娘看。

"不是吻过了吗？你看……"

姑娘拿过手帕凝视了一会儿，便默默地塞入自己的手提包里了。

"我不接吻啊！"姑娘低着头，眼含泪水，再也没说话。那次一别，就再也没有会面。——姑娘是如何处理那块手帕的呢？不，比对手帕更在意的，是四十多年之后的今天，那位姑娘还活着吗？

在看到被弄得酣睡的姑娘上唇那漂亮的山头状凸起之前，江口老人已经把往昔的那位姑娘忘掉几年了吧。倘若把手帕放在被弄得酣睡的姑娘枕边，因手帕上面沾有红印子，而且自己的口红也有所剥落，她醒后仍会认为是被偷偷亲吻了吧？当然，在这家旅店，接吻这点事肯定是客人的自由，不会是禁律吧。不管老衰到什么程度都能够接吻，仅仅是姑娘绝不会躲闪，也绝不会知道罢了。也许睡着时的嘴唇是冷冰冰、湿漉漉的。自己钟爱的女人的死尸嘴唇，难道不能传导情感的战栗吗？一想到来这里的老人们那惨不忍睹的衰老状态，江口就更激发不出那种欲望。

然而，今夜姑娘那稀奇的嘴唇形状，使江口老人稍感兴趣。老人暗忖，这世上还会有这种嘴唇？他便用小指尖轻轻触摸了姑娘上唇的正当中。干的。好像皮也厚。料想不到的是，姑娘开始舔起嘴唇，直到舔成湿漉漉的才作罢。江口抽回了手指。

"这姑娘睡着了还要接吻吗？"

然而，老人仅仅稍微拢了拢姑娘耳边的头发。又粗又硬。老人起身换了衣服。

“你身子再壮实，这样也会感冒的哟。”老人把姑娘的胳膊放进被窝，把掀开的被子一直拽到姑娘胸脯以上。随后，江口靠在了姑娘身旁。姑娘翻过身——

“唔——”的一声，姑娘又向外撑开了双臂。老人被轻而易举地推出了被窝。江口感到真是太滑稽了，笑个不停。

“果然，是个生猛的见习生哪。”

姑娘坠入绝不会醒来的沉睡中，身体像是处在麻痹状态，看来可以随意摆弄，可是竭尽全力向这种姑娘挑战的雄心，业已从江口老人身上消失殆尽。抑或是他完全忘却了往昔的勇猛。他能为之动情的，来自温柔的娇媚和文静的顺从，也就是从女人的亲密感进入情调。他已无心意气风发地投入冒险、争斗等中去了。如今被这位酣睡的姑娘猛然推到一边，老人在笑，可脑海中却浮现出这般感慨。

“到底是上岁数了。”江口老人自言自语。实际上，他还不像来这里的老人们那样，具备来这里的资格。然而，大概是看到了黑油油肌肤的姑娘，江口才偶生切实的思虑：自己残存的那个男性生命，尚未到达余生无几的地步吧。

看来唯有对这种姑娘施以暴力，才能激发出活力朝气。江口对“睡美人”之家也有点腻烦了。尽管腻烦，可来的次数反而增多。向这姑娘施以暴力，打破这家旅店的禁律，铲除老人们丑陋的隐秘行乐，与这里的一切诀别——这种血光闪闪的念头刺激了江口。然而，这无需暴力和强制手段。被弄得酣睡的姑娘的身子恐怕不会反抗吧。把姑娘勒死也是轻而易举的吧。想到此，江口老人泄气了，内心黑暗的虚无感竟然蔓延开来。附近的巨浪声听起来似乎很远。也许这与陆地无风有关。老人想象着黑暗大海之夜的黑暗深处。江口撑起一只胳膊肘，将脸凑近姑娘的面庞。姑娘喘了一口粗气。老人也打消接吻的念头，伸平了胳膊。

江口老人就这么被黑皮肤姑娘的胳膊一直撑着，所以胸部露在被子外面。江口钻进了邻近的姑娘的被窝。一直背向的姑娘将身子转向了这边。尽管她在熟睡，但其迎合过来的温柔感，尽显和蔼之妩媚。她的一只手伸到了老人腰身这边。

“配合得真协调。”老人玩弄着姑娘的手指，闭上了眼睛。她的手指骨头很细，能够向后弯翘很多，好像怎么弯翘也折不断似的。江口真想把它放进嘴里。她的乳房也娇小，却圆鼓紧实，尽入江口老人掌中。她的腰身也是那种形状，纤细而浑圆。女人的形状是无限的，老人有点悲伤起来，睁开了眼睛。姑娘是长脖子，也是又细又漂亮。虽说苗条，但给人的感觉却不是日本传统那么古拙。她闭着的眼睛是双眼皮，但那沟线很浅，如果睁开眼，也许就是单眼皮。或许，时而是单眼皮，时而是双眼皮。抑或是一只双眼皮，一只单眼皮。受到房间四周幕帘的映照，难以弄清她真正的肤色，可脸蛋儿是微显光亮的淡淡茶色，而脖子白皙，脖根又呈现淡淡的茶色，胸部白净得犹如清透一般。

江口知道黑油油的姑娘是高个头，觉得这个姑娘也不会矮吧。江口用脚尖试着探摸。首先触碰到的是黑姑娘的脚掌，那皮肤又厚又硬，而且是汗脚。老人慌忙收回脚来，可这反而成了一种诱惑。据说福良老人是因心绞痛发作而死去的，陪他的那位姑娘会不会就是这个黑姑娘呢？因此，今夜店里才派了两位姑娘吧？江口头脑中突然闪现出了这种猜测。

然而，不应该是那样的。不是才问过这家旅店的女人吗？她说福良老人垂死挣扎的时候，陪他的姑娘从脖子到胸脯都被抓出道道血痕，要养伤到血痕消失为止。江口老人用脚尖再次去探触姑娘那厚皮的脚掌，然后抬脚探触那黑色的肌肤。一种"赐给我生命的魔力吧！"似的战栗似乎传导过来。姑娘把盖的被子——这次更甚，把被子下面的电热毯给蹬开了。她把一条腿伸到了被子外面。老人一边试图把姑娘的身子推到隆冬的榻榻米上，一边从她的胸部观察到腹部。他把耳朵贴在她心脏的上面听了听心跳。本以为那心跳声会很强健，却意外地细柔，十分可爱。此外，她的心律好像还有些紊乱吧，或许这是老人的耳朵有点毛病的缘故。

"会感冒哟。"江口把姑娘的身子盖好，关闭了姑娘那边的电热毯开关。他油然觉得女人的生命魔力也不是什么了不起的东西。假若勒住姑娘的脖子，将会怎么样呢？那地方可是极其脆弱的。对老人来说这也是易如反掌之事。江口用手帕擦拭了刚才将耳朵贴在姑娘胸脯上的那半边脸。姑娘的油性肌肤好像粘上了似的。姑娘心脏的跳动声还残留在他的耳道深处。老人把手放在自己的心脏上面。大概是自己触摸的关系，感觉心跳比刚才听到的似乎坚实多了。

江口老人背向黑姑娘后，就变成面朝温顺姑娘这一边了。她那形状完美的鼻子，在老人眼中尤为端庄高雅。平躺着的细长美颈，令江口情不自禁地想把胳膊插进那下面，把她搂抱过来。随着脖子缓柔地起伏，甜蜜的香气也随之涌动出来。这香气与身后黑姑娘浓烈的野性气味相互交融。老人紧贴着白姑娘。姑娘的气息变得短促起来，然而并无憋醒之忧。老人就这样紧贴着姑娘良久。

"宽容我吧！作为我此生最后一个女人……"后面的黑姑娘仿佛在煽情。老人的手伸过去探摸起来。那里也与白姑娘的乳房相同。

"镇静！倾听一下冬季的海浪声，镇静！"江口老人极力控制自己的情绪。

"姑娘被弄得像麻醉了一样酣睡着。她们被灌了毒药或烈性药之类。"这是为什么？"不就是为了金钱吗？"即使老人这么认为，他依然犹犹豫豫。尽管知晓女人百人百样，但如果斗胆冒犯姑娘，做出使她悲痛一生、伤口难愈的事来，这位姑娘的人生就会发生变化吧？对六十七岁的江口来说，已经愈发觉得女人的身子是完全相同的。而且，这姑娘既不会服从，也不会拒绝和回应。她与死尸的不同之处，仅为血是热的，呼吸是畅通的。不，到了明天，活着的姑娘会醒来，这与死尸是有天壤之别的吧？然而对姑娘来说，爱也罢，羞耻也罢，恐惧也罢，统统全无。醒来后，她仅剩憎恨和懊悔。她也不知道夺走自己贞洁的男人是谁。她仅能体会到是一位老人吧。姑娘恐怕也不会把这事告诉这家旅店的女人吧。倘若自己打破这老人之家的禁律，姑娘肯定也会一直隐瞒下去，所以姑娘以外的任何人都不会知道，事情就会不了了之。和蔼姑娘的肌肤吸附着江口。大概是关掉她那半边的电热毯后确实发冷了吧，赤裸的黑姑娘从后面顶着老人使劲挤过来了。她的一条腿竟和白姑娘的腿缠在了一起。江口反倒显得尴尬，顿时完全蔫了。他摸找枕头旁边的安眠药。他夹在两个人中间，手也几乎不能自由动弹。他把手掌搭到白姑娘的额头上，凝望着一如既往的白色药片。

“今夜试着不吃药吧？”老人自言自语。这药性肯定有点强，吃后一下子就昏睡过去了。这家旅店的老人顾客们都能按照那个女人的吩咐，爽快地吞下那药吗？江口老人开始生疑了。然而，假若有人不服用安眠药，觉得入睡太可惜的话，那岂不是老丑得不能再老丑啦？！江口自认为尚未进入老丑的行列。今夜还是服下了药。他回想起自己说想要吃与催眠姑娘相同的药时的情形。当时女人回答说：“那药对老人危险。”仅此一句话，他便再也不勉强索求了。

但是，所谓“危险”是指入睡后就不会再醒而死去吧。江口不过是身世平俗的老人，然而，既然是人，有时候就会陷入孤独的空虚或寂寞的厌世之中。这家旅店不就是难得的西归之地吗？与其激发别人的好奇心、受到世人的排斥，还不如死后留名呢。想必我的熟人会感到震惊吧。虽然无法考量给我的遗族造成多大伤害，但如今夜这样夹在两个年轻女子之间睡死过去的话，岂不是我这老残之躯的夙愿吗？不，那可不行。我的尸体会像那个福良老人一样，被从这家旅店搬运到那寒碜的温泉旅店去，因此就冠以服安眠药自杀之名而了事吧。因无遗书，原因也不明，所以就会被认作对余生绝望而自我了断的吧。此刻，江口脑海中浮现出这家旅店女人的尖刻笑容。

“干吗？真是痴心妄想。多不吉利！”

江口老人笑了，好像那不是爽快的笑。安眠药已经有点见效了。

江口自言自语道：“好！我叫醒那个女人，要她送来与姑娘相同的药！”然而，那女人是不会给他送来的。再者，江口也懒得起来，所以也就打消了那个念头。老人仰卧，两只胳膊搂着两个姑娘的脖子。一个是温存清馨的柔软脖子；一个是油性肌肤的硬实脖子。此时有种东西从老人体内溢喷出来了。老人呆望着左边和右边的深红色幕帘。

“啊！”

“啊！”应答似的发声的是黑姑娘。黑姑娘用手猛推江口的胸部。大概她难受吧？江口松开一只胳膊，转身背向了黑姑娘。他把这一只胳膊也伸向白姑娘，搂住了她的腰窝。随后，他闭合了眼睑。

“这是一生中最后的女人吗？为什么，是最后的女人，还有，即使短暂的……”江口老人思忖，“那么，自己最初的女人是谁呢？”与其说老人的头脑慵倦，莫如说他已陷入了恍惚之中。

最初的女人是“母亲”。——江口老人头脑中闪现出了这种念头。“除了母亲，不会有其他人嘛。”完全没料到竟浮现出了这种答案。“怎么能认为母亲是自己的女人呢？”如今都活到六十七岁了，躺在两个赤裸的姑娘中间，这种真实感第一次油然从心底深处的某个地方冒了出来。这是冒渎，还是憧憬？江口老人仿佛从噩梦中醒来时一般睁开双眼，眨巴着。然而，安眠药正在接近起效峰值，江口难以清醒过来，迟钝的头脑似乎隐隐作痛。他昏昏沉沉，欲追忆母亲的面容，可一声叹息后，便把掌心捂在了左右姑娘的乳房上。一个柔软滑润，一个肌肤油腻，老人就这样闭上了眼睛。

母亲死于江口十七岁那年的冬夜。父亲和江口握着母亲的左右手。因为久患结核病，母亲的手腕仅剩皮包骨头，但握力十足，江口的手指都感到疼痛。那手指的寒气一直渗透到江口的肩膀。一直给母亲搓腿的护士悄悄地起身走了出去。大概她是去给医生打电话吧。

“由夫……由夫……”母亲断断续续地呼唤着。江口当即察觉母亲难受，便轻柔地抚揉母亲喘息的胸部，就在这时母亲吐出了大量的鲜血。鼻子中也扑哧扑哧溢出血来。母亲断气了。那鲜血用枕头旁的纱布和布巾擦也擦不尽。

“由夫，快用你衬衣的袖子去擦！”父亲说，“护士小姐，

护士小姐，把脸盆、水……嗯，是的，新的枕头、睡衣，还有床单……”

倘若江口老人认为“最初的女人是母亲”，当然会在脑海中浮现出母亲濒死的那种场景。

“啊！”江口感觉环绕密室的深红色幕帘犹如鲜血的色彩。纵然紧闭眼皮，眼睛深处的红色似乎也不消失。加上安眠药的作用，江口的头脑已处在蒙眬状态。他的两个手掌仍然捂在两个姑娘清纯的乳房上。老人的良心及理性的抗争也半麻痹了，他的眼角充盈着泪水。

“在这种地方，为什么会把母亲认作最初的女人呢？”江口老人感到甚为离谱。然而，既然把母亲当作最初的女人，尔后的那些与之厮混过的女人也就没能浮现于脑海中。事实上，最初的女人应当是妻子吧。倘若如此，倒也罢了。把三个女儿都嫁出去的老妻，在这个冬天的深夜正独自而眠。不，她还没有睡着吧？虽然家里不像这儿有海浪声，但夜晚的寒峭也许比这里更冷寂。老人思忖：自己掌心下面的两个乳房到底是什么呢？这是自己死后也仍然流通热血而生存下去的物体。然而，那是什么呢？老人的双手用上乏倦之力攥住了乳房。姑娘们的乳房也被弄得沉睡了，没有感应。江口在给弥留之际的母亲揉胸时，不消说也触碰到了母亲衰萎的乳房。那是毫无乳房感的物体。而今想不出来那种感觉了。能想出来的，是摆弄着年轻母亲的乳房入睡的幼童时光。

江口老人越发感到睡意袭人，为了调换成舒适的睡姿，就将搭在两个姑娘胸脯上的手抽了回来。他把身子侧向了黑姑娘。那是因为这个姑娘的青春气息浓烈。姑娘喘着粗气，直冲江口的脸颊。姑娘微微咧着嘴。

“哟！可爱的虎牙。”老人试着用手指去捏那颗虎牙。她是大牙齿，但那颗虎牙却很小。如果姑娘的呼气不冲他而来，江口也许会亲吻那颗虎牙的周边。然而，姑娘的浓重气息妨碍老人的睡眠，所以老人又翻过身去。即使这样，姑娘的呼气仍冲到江口的脖颈上。虽然不是鼾声，但像是出声的熟睡鼻息。江口略微缩起脖子，把额头靠向白姑娘的面颊。也许白姑娘皱了皱脸，却看似微笑。老人挂记着贴在身后的油性肌肤。那肌肤凉冰冰、湿漉漉的。江口老人坠入了梦乡。

可能夹在两个姑娘中间睡着难受吧，江口老人一直做着噩梦。虽然梦境杂乱无序，但都是讨厌的色情梦。梦的结尾是江口新婚旅行后回到家，看到绽放的红色大丽菊似的花朵在摇曳，几乎把住房全遮掩住了。江口怀疑不是自己的家，在门口踌躇着不敢进去。

“哎呀！你回来了，你站在那个地方干吗呀？”本已去世的母亲出来迎接他，“是新娘害羞吗？”

“妈妈，这花儿是怎么回事？”

“这个嘛。”母亲心平气和地说，“赶快进来吧！”

“哎。我以为认错家门了呢。应该不会认错的，但因有如此繁多的花儿……”

客厅已摆好迎接新婚夫妇的喜庆佳肴。母亲接受了新娘的礼节性问候，便到厨房去热汤了。客厅里也闻到了烤加吉鱼的气味。江口来到檐廊观赏花儿，新婚妻子也跟着过来了，她说：

“哟，好漂亮的花！”

“嗯。”江口为了不使新婚妻子害怕，没有把“家里没有这些种花呀……”说出口。江口凝视着花丛中最大的一朵，发现从一片花瓣上落下一粒红色的珠滴。

“啊？”

江口老人醒了。他摇摇头，但安眠药仍使他迷迷糊糊。他翻身转向了黑姑娘。姑娘的身子早已冰凉了。老人吓得哆哆嗦嗦。姑娘没有了呼吸。他把手贴在心脏那儿——心跳已经停止了。江口飞身跃起。他踉跄一下，跌倒了。他浑身发抖，东倒西歪地来到隔壁房间。他环视了一周，发现壁龛旁边有叫人电铃。他的手指使劲按了良久。楼梯上传来了脚步声。

“我睡着了什么也不知道，是不是勒住了她的脖子？”

老人爬也似的回到寝室，看了看姑娘的脖子。

“您做了些什么呀？”这家旅店的女人进到房间后说道。

“这姑娘死了。”江口吓得浑身打颤，说道。女人心平气和，揉着眼睛说：“死了？不会吧。”

“是死了呀！停止呼吸了。脉搏也没了。”

女人到底还是变了脸色，在黑姑娘枕边跪坐下来。

“死了吧？”

“……”女人掀开被子，查看了姑娘。“先生，您对她做了些什么呢？”

“什么也没做。”

“她没有死，您什么也不必担心……”女人尽力沉着冷静地说。

“她死了呀！快叫医生吧！”

“……”

“到底，你给她吃了什么？也有人是特异体质。”

“先生，请不要太吵嚷。我绝不会给您增添麻烦……也不会讲出您的名字……”

“她死掉啦！”

“她不会死的吧。”

“现在几点了？”

“四点多。”

女人抱起赤裸的黑姑娘，身子踉踉跄跄。

“我来搭把手吧。”

“不要。下边还有男劳力……”

“这姑娘很重吧。”

“先生不要操闲心，请您消停地安歇吧。还有一位姑娘呢。”

所谓的“还有一位姑娘呢”这一说辞最使老人扎心。的确，隔壁房间的被窝里还剩下白姑娘。

“我怎么睡得着呢？”江口老人的声音怒气冲冲，但也掺杂着惊惶与恐惧，“我也该回去啦。”

“请您别这样。您现在一个人回去的话，一旦被人怀疑，那可就糟糕了，而且……”

“我不是睡不着吗？”

“我再给您拿药去。”

从楼梯上传来了女人拖曳黑姑娘下楼的声音。老人这才意识到一件睡衣抵不住寒气的侵袭。女人拿着白药片上楼来了。

“喏，这片药可以让您睡到明天早上，请您安然休息吧！”

“是吗？”老人打开隔壁的房门，但见刚才慌忙掀起来的被子仍保持原样，白姑娘躺在那里，赤裸的身子俊美得光彩照人。

“啊！”江口端详起来了。

好像是运走黑姑娘的汽车声传了过来，随后渐渐远去。她大概要被运到带福良老人尸体去的那家怪里怪气的温泉旅店吧。

湖

夏末——当地应是初秋，桃井银平在轻井泽[1]现身了。他首先买了条法兰绒裤子，将旧裤子换下，在新衬衫上又加了件新毛衣。因为是在冷雾弥漫的夜里，所以他连藏青色的雨衣也买下了。轻井泽真方便，在成衣店就能配齐全身服装。鞋子也挺合脚，旧鞋子脱下后就丢弃在鞋店了。然而，旧衣服打在包袱中，怎么把它处理掉呢？如果扔进空别墅里，到明年夏天之前都不会被发现吧。银平拐进小路，把手伸向空别墅的窗户，可木板套窗已被钉子钉死了。如今破窗而入是非常可怕的，他认为那犹如犯罪。

到底自己是不是作为犯罪者受到追捕，银平也无从知晓。也许被害者还没起诉自己的犯罪行为。银平把包袱塞进了厨房后门口的垃圾箱里，心情松快了。不知是避暑的客人慵懒还是别墅管理人玩忽职守，垃圾箱根本没有打扫，所以一塞进包袱，就发出了挤压里面纸类的声响。垃圾箱的盖子因塞进去的包袱而稍微翘起。银平觉得无所谓。

然而，他走了还不到三十来步便转过头来。他看到一幅幻象：从那垃圾箱附近，蹿出成群的银色蛾子在雾中飞舞。

1 位于长野县东南部，是一处避暑胜地。

银平停了下来，想取回包袱，可那银色幻象唰地一下发出青光，照亮了头上面的落叶松后便消失了。落叶松棵棵相连，像是街树，树后面有个装饰灯做的拱门。那里是土耳其浴室。

银平一进院子，就抬手摸了摸头。发型似乎还不错。银平有用安全剃刀的刀片自我剃发的绝技，常常令人感到惊骇。被称为土耳其小姐的澡堂女带领银平进入了浴室。她从室内把门关好，就脱掉了白色罩衣。她上身仅存遮住乳房的文胸。

那澡堂女要为银平解开雨衣的扣子，银平不由得捩下身子。可随着她为自己脱下衣服后，又当即跪在脚旁，连袜子也帮他脱了下来。

银平进了香水浴池。因为瓷砖的颜色，池中的热水看起来发绿。虽然香水的气味不太好闻，但银平从信浓[1]开始就东躲西藏在廉价旅店，风尘仆仆徒步而来，所以总感到那是花香味。一出香水浴池，澡堂女就为他彻底清洗了整个身子。随后她蹲在银平脚旁，亲手把脚趾缝都给洗了。银平俯首看了看澡堂女的头。她的发型宛如往昔女子刚洗好的头发那样向后拢，一直垂到脖梗子下面一点儿。

“我来给您洗头好吗？”

“哎？连头也给我洗？”

“请……给您洗啦。”

银平暗忖，最近光用安全剃刀的刀片剃刮，说起来也好

1 指日本旧时的信浓国，相当于现在的长野县全境。亦称信州。

久没洗过头了，肯定臭烘烘的吧。他不由犯怵，但仍两肘支在膝上，伸头向前。在澡堂女用肥皂泡揉搓他头发的过程中，他渐渐不畏忌了。

“你的声音，真好听呀。”

“声音？……”

“是的。听后仍残留于耳，不忍消失哩。好像一种优美温柔感从耳朵深处浸透到头脑中来啦。无论多么坏的人，听到你的声音，都会变得和蔼可亲……”

“啊？是娇滴滴的声音吧。”

“不是娇滴滴的声音哟。是无以言表的甜美声音……蕴藏着哀愁，蕴藏着爱情，所以才清爽明快呀。这与唱歌的声音也不一样。你，在恋爱吗？”

“不是。那样的话倒好啦……”

“对不起……你说话的时候，别那么挠我的头……我难以听到你的声音。”

澡堂女停住手指，为难似的说：“真不好意思，我不能再说啦。”

“竟然有声音像天仙一般的人呀！即使在电话中听上两三句，其余韵也令人珍惜良久吧。”

银平真的热泪盈眶了。因为他在这位澡堂女的声音中，感受到了清纯的幸福和温馨的救赎。这是永恒的女性声音吗？这是慈悲的母亲的声音吧。

“你老家在哪里……”

澡堂女没有作答。

“在天堂？”

“哎哟，是在新潟呀。”

“新潟……是新潟市吗？”

“不是。是新潟的一个小镇子。”

澡堂女的声音变小了，还有点发颤。

“是在雪乡，无怪身段漂亮呢。”

“不漂亮嘛。”

“身段确实漂亮，我还未曾听过这么悦耳的声音。”

澡堂女给银平洗完头，马上用提桶里的热水给他冲涤了好几遍，接着把银平的头裹在大毛巾里揉搓。最后还做了简单的梳理。

随后，银平在腰间围上一条大毛巾，被带进了蒸汽浴箱。入浴程序好像是先打开四方形木箱的前板，再将他轻轻推进去。箱子上方的木板有脖子进出的通道，当脖子进去定位在正中央后，澡堂女就放下盖子，脖子的通道也就卡死了。

“这是断头台。”银平脱口而出。他睁大眼睛，心里发怵，左右转了转卡在洞中的脖子，观察了一下周围。

“不少客人都这么说呀。”然而，澡堂女没有觉察到银平的恐惧。银平看了看入口的门，将目光停在了窗户那里。

“关上窗户吧？”澡堂女向窗户那边走去。

“不要。”

蒸汽浴的热气笼罩着房间，所以窗户好像是开着的，浴室的灯光流泻在外面榆树的青叶上。榆树好大，光线照射不到繁叶的深处。从那繁叶的暗影之中，银平觉得仿佛传来了微弱的钢琴声。那声音不成曲子。肯定是幻听。

“窗户外面是院子吗？”

“是的。”

夜晚的灯光微弱，青叶掩映的窗端站着白花花的赤裸姑娘，这宛若银平难以置信的世界。淡粉色的瓷砖上，姑娘赤脚而立。那是形态十足娇嫩的双腿，只是膝部后面的凹坑有暗影。

假设一个人待在这间浴室，脖子像被嵌入木板洞似的，银平觉得自己是不会老老实实地待着的吧。他坐在像是椅子的物体上，从腰部下面开始热腾起来。后面好像也是热乎乎的木板，所以他把后背贴靠上去。箱体三面似乎都是热的。大概也冒出了蒸汽。

“大概待几分钟？”

“各有所好，但大都是十分钟左右……有人习惯了，能在里面待上十五分钟。”

入口的衣柜上有个小座钟，澡堂女一看，进来才四五分钟。她拧了条凉毛巾，过来敷在银平的额头上。

“哈哈哈，冒汗啦！”

银平此时有闲心思忖：从木板箱中只露出个头，还呈一副严肃的面容，这可够滑稽可笑的吧。他上下来回抚摩了一下热乎乎的胸部和腹部。又湿又黏。弄不清那是汗水还是蒸汽。银平闭上了眼睛。

当客人待在蒸汽浴箱里的时候，澡堂女好像闲得无聊，传来了她舀香水浴池里的热水冲洗淋浴处的声音。银平感到那水声宛若浪击岩石。岩石上，两只海鸥拍打着翅膀相互戏啄着。他脑海中浮现出了故乡的海。

“有几分钟了？”

“大概七分钟。”

澡堂女又拧了条凉毛巾，过来敷在银平的额头上。银平就在享受凉冰冰的快感时，突然伸头向前，惊叫一声：

“哎呀呀……”他随即回过神来。

“您怎么啦？”

澡堂女可能以为银平被热气蒸晕了，便拾起掉下的毛巾，贴在银平的额头上并用手摁住。

“您要出来吗？”

“不，没事儿。”

银平刚才是陷入了尾随这位声音悦耳的姑娘而去的幻觉。那是在东京的某条电车大街上。他恍惚记得人行道旁的银杏树。银平汗流浃背。他知道脖子被木板卡住了，身子不能动弹，满脸沮丧。

澡堂女从银平身旁走开了。好像她对银平的样子感到些许不安。

“弄成这样，只露出个头，你看我有多少岁？”银平试着问道。澡堂女迟疑答道：

“我可看不出男人的年龄呀。”

澡堂女没有仔细观察银平的头部。银平也没有挑明自己三十四岁的机会。他认为澡堂女还不到二十岁吧。看肩膀也好，看腹部也好，看腿脚也好，她都像是个十足的处女。她似乎没施胭脂，可面颊却浮出清纯的玫瑰花般的色彩。

“该出来了吧。”

银平发出悲哀的喊声。澡堂女一打开银平喉头前面的嵌板，就捏住贴在他脖子上的毛巾两端，将银平的脖子像珍宝似的慢慢拉出来，随后为他擦拭了全身的汗水。银平在腰部围上了大毛巾。澡堂女在墙边的睡椅上铺块白布，让银平俯卧下来。她开始从肩膀按摩了。

以前银平一直不知道，按摩不光是揉捏按压，而且还用手掌噼里啪啦地拍打。虽然澡堂女的手掌是少女的手掌，却没料到她能够持续猛烈地拍击他的后背。银平的呼吸急促起来，不由想起自己的幼子用圆乎乎的手掌铆足力气拍打自己的前额，当自己低下头时，他还继续击打自己的头。这是何时的幻觉呢？然而，如今那个幼小孩子的手在墓地的底层，疯狂拍打着夯实的土墙。牢狱的黯黑墙壁从四面向银平逼近。银平冒出了冷汗。

“还搽什么粉吗？”银平说。

“要搽的。您是不是不舒服？”

“不。”银平慌慌张张地说道，“因为又冒汗啦……倘若有人听着你的声音心情还不好，那是马上就要犯罪的瞬间呢。”

澡堂女突然停下手来。

"像我这样的人一听你的声音，其他的一切就会全消失掉。其他的一切全消失掉其实也是危险的，然而声音是既捉捕不到也追逐不上的哩。它宛若奔流不息的时间或生命那样。不对，不是那样吧。你任何时候都会发出悦耳的声音。然而，就像现在这样，你一沉默不语，无论什么人也不会勉强发出你那种悦耳的声音吧。尽管有时会被迫发出惊叫声啦，怒吼声啦，哭声啦，等等，但用自然声说话不说话，则是你的自由啊。"

澡堂女凭借这种所谓的自由而一声不吭，从银平的腰部按摩到大腿后面，又从脚心按摩到脚趾。

"请您翻过身脸朝上……"澡堂女以几乎听不到的纤细声音说道。

"哎？"

"这次该翻身脸朝上啦……"

"脸朝上？就是变成仰卧呀。"银平说罢，摁住缠在腰部的大毛巾翻过身来。澡堂女刚才稍稍颤抖似的低声细语，犹如花儿的馨香充盈耳道，随着银平的翻身而传了过来。由耳道沁入的幽香般的陶醉，是他从来没有感受过的。

澡堂女身子紧抵狭窄的睡椅，站着按摩银平的臂膀。澡堂女的胸脯正对着银平的脸部上方。尽管不可能把文胸系得那么紧，但肌肤还是在白布边缘稍微凹进去了。然而，她从胸部到乳房还未完全发育成熟。她是略显古典风韵的长脸，额头也不宽，大概因为她没有将头发搞得蓬松，而是全部向后拢齐，故而看起来个头高挑，干练的眼神更加清爽。她从脖子到肩部的连线尚未丰盈，手腕圆润，尽显青春朝气。由于距澡堂女的光润肌肤近在咫尺，银平闭合了眼睑。他眼里现出了木匠使用的那种钉箱，里面装满了零碎的小钉子。那些钉子全都闪耀着尖锐的光芒。银平睁开眼，凝望着天花板。上面的涂层是白色的。

“我的身体比实际年龄老吧。都是辛苦劳动造成的啊。”银平嘟哝一句，然而他尚未说出自己的年龄。

“我才三十四岁哟！”

“是吗？正年轻呀。”澡堂女用控制住情感的语气说道。她绕到银平的头部那边，揉搓了靠墙那边的胳膊。睡椅的一侧是贴着墙的。

“我的脚趾呀，像猴子的那样长，好像还皲裂吧。我很能走路哟……一看到这惨不忍睹的脚趾，我总感到怪瘆人的。你那漂亮的手连那儿都给我按摩啦。你给我脱袜子的时候，没有吓着吧？”

澡堂女没有作答。

“我也是在里日本海边出生的。然而，海岸上的黑色岩石凹凸不平。我赤脚行走，就像用长脚趾抓住岩石那样稳当。”银平说的有一半是假话。银平为了这双难看的脚，在青春期的各个时段屡屡编造出花样繁多的谎言。然而，事实上他的脚的确瘆人：连脚背的皮都又厚又黑，脚掌上满是皱纹，长长的指头关节隆起，七扭八歪。

他仰卧着正接受按摩，现在看不到脚，所以便将手遮在脸的上方，凝望着。澡堂女正放松银平从胸部连接臂膀的那块肌肉。就是乳房上方那片儿。银平的手并不像脚那样长得奇形怪状。

“您的故乡在里日本的哪里？”澡堂女问道，语气自然。

“里日本的……”银平语塞，“我不想谈出生地的话题。与你不同，我已失去了故乡……”

澡堂女当然不想知道银平的故乡在哪里，其神情也不像存心要打听。不知这间浴室的照明是怎么回事，澡堂女身上好像没有阴影。澡堂女一边揉搓银平的胸脯，一边将胸脯斜倾过来。银平闭上了眼睛。此时他真不知该把手放在哪里为好。若伸到腹部侧面吧，那会不会碰到澡堂女的侧腹呢？万一仅是指尖碰到对方，他认为脸上都会挨上一记响亮的耳光。接着，银平感受到了真挨揍的冲击。他惊恐地想睁开眼，可眼睑没张开。他实实在在地拍打了一下眼睑。泪水似要流出但没流出，眼睛就像被炙热的钢针扎进眼珠一般疼痛。

打了银平脸的，并不是澡堂女的巴掌，而是蓝色的手提皮包。当然，挨打的时候他并不知晓那是手提包，挨打后他才看到脚边掉了只手提包。是用手提包打来的呢，还是把手提包甩过来的呢，对银平来说，这也是不得而知的。的的确确，手提包实打实地打在了自己脸上。这当儿，银平回过神来……

“啊!”银平叫喊，“喂，喂……”银平想叫住女子。他是想及时提醒她的手提包掉了。然而女子的身影闪过药店的拐角就不见了。只剩一只蓝色手提包掉落在道路当中。它的存在犹如银平犯罪的铁证。从手提包张开的金属卡口露出一沓一千日元的钞票。不过对银平来说，他首先看到的倒不是那沓钞票，而是作为犯罪证据的手提包。女子弃包而逃，所以银平的行为似乎构成了犯罪。出于这种恐惧，银平迅速捡起了手提包。他在捡起手提包之后，才对那沓一千日元的钞票感到震惊。

那家卖药的店铺难道是幻视吗?银平后来也疑惑过。在一家店铺都没有的住宅街区，突兀地出现一家陈旧的小药店，真是不可思议。然而，蛔虫药的招牌就架在入口的玻璃门旁边。还有一个不可思议的，是在进入住宅街区的电车道拐角，面对面地开着极为相似的水果店。这也太奇怪了。两家店都摆放着装有樱桃或草莓的小木盒。银平在尾随那女子过来时，一路上只顾盯着女子，其他一切都视而不见。尽管如此，为何仅有这两家面对面开设的水果店忽然在那里映入了眼帘呢?大概是自己只顾记住去往女子家的拐角吧。因为眼中也还残留着盒子里一粒粒码得整整齐齐的草莓，所以才认定有家水果店。然而电车道拐角仅一侧有水果店，也许自己错认为两边都有了。在那种时候，一个物体看成两个也不是不可能吧。尔后，银平竭力抵御住了想去核实是否有那家水果店和药店的诱惑。其实，那条街在哪里他也搞不清楚。他仅能在头脑中粗略描绘出那条街在东京的大致方位。对银平而言，要说女子的去向，他仅仅记得那是在路上。

“是啊，或许她没打算扔掉吧。”银平在澡堂女给他揉肚子的当儿，不知不觉地嘟囔出这么一句，猛然睁大了眼睛。然而，在澡堂女还没发现他睁眼时，他便及早合上了眼睑。也许他刚才露出了地狱中的怪鸟那种眼神。幸亏没有嘟囔出女子手提包的事，也没走嘴说出丢弃物的名称和丢弃者的情况。银平的腹部变得硬邦邦的，随后又不断起伏。

“发痒哩！”银平说道，澡堂女随即减轻了手上的力度。这次是真痒了。银平憨态可掬地笑出声来。

事到如今，银平的解释都是：无论那女子是用手提包打过来的，还是把手提包甩过来的，她都觉得银平是瞄着包里的钱而尾随过来的，当这种恐惧达到爆发点时，她就弃包而逃了。然而，或许女子没打算丢弃手提包，而是用手中的物品轰走银平，因那强烈的反弹力，手提包就脱手了。不管是其中的哪一种情况，假设女子横甩手提包打在了银平的脸上，那便说明二人是相距很近的。进入冷冷清清的住宅区后，银平就不知不觉地缩短跟踪间距了吧。也可能是女子发觉身后银平的动静，才将手提包砸向银平而逃去的吧。

银平并不是盯上了钱。他根本没看出，而且也没考虑到女子手提包里装有巨款。他是打算消除犯罪的明证而捡起手提包的，这才发现了包里装有二十万日元。从两沓没有折痕的十万日元新钞以及存折来看，女子大概处在离开银行返回家的途中，恐怕她认为从银行出来就被人盯上了吧。除了两沓新钞，包里只有一千六百日元左右。此外，银平还打开存折，发现支取二十万日元后还剩两万七千日元。也就是说，女子取出了大部分存款。

银平在存折里还知道了女子的名字叫水木宫子。假若他真的受女子魔力诱惑而不是图财，就该把钱和存折返还给宫子吧。然而银平就是银平，他是不会去返还的。就像银平跟着女子走那样，这笔钱仿佛是有魂的活体跟着银平走。银平偷钱是第一次。与其说是偷，毋宁说钱财像噩梦一样缠住了银平而不肯离去。

捡起手提包时，就不只是单纯的偷钱了。一旦捡了起来，手提包就承负着犯罪的证据，所以银平一边将其夹在西服的腋下，一边朝电车道小跑而去。可巧当下不是穿大衣的季节，银平就买了块包袱皮急促离开了商店。他把手提包裹在了包袱皮中。

银平租了二楼的一处房子独居。水木宫子的存折啦，手绢啦，他统统放进小陶炉里烧掉了。因为事先没有记下存折上的区域编码，所以也就弄不清宫子的住址了。他已经不打算送还钱物了。银平思忖，要烧掉存折啦，手绢啦，梳子啦，等等，就会散发气味。那手提包的皮革味会很臭吧，故而他用剪刀将其剪碎。他一次往火里投一块，费了好几天工夫才烧完。可手提包的金属扣啦，口红和粉饼盒等物上面的金属不能燃烧，他就深夜把那些东西抛进了脏水沟中。这些都是那种地方常见的垃圾。他把所剩无几的口红棒推出来一看，身子似乎颤抖起来。

银平留意听广播，还常看报纸，但均无有关装有二十万日元和存折的手提包遭到抢劫的报道。

“嘿，那女子果然没有报案。她肯定有不能报案的某种原因。”银平嘟哝一句，感到昏暗的内心忽然被怪异的火焰照得亮堂了。银平尾随了那个女子，那个女子亦有被银平尾随的缘由。说起来，他们是在一个相同魔界里的居民吧。银平凭经历明白这一点。当思忖到“水木宫子也与自己是同类”时，银平便十分陶醉。随后，他对当初没有记下宫子的住址感到懊悔。

在银平尾随期间，宫子肯定心里发怵。或许她自身不这么认为，倒还生出痛心似的喜悦呢。人间是否只有主动者的快乐，而无被动者的快乐？很多美女在街上行走，银平特地选上宫子尾随其后，这不如同麻药中毒者寻觅到了病友吗？

银平首次尾随女人——玉木久子的时候，显然也是如此。虽说是个女人，可久子不过是个少女。她比声音悦耳的澡堂女年岁还小吧。她是个高中生，银平是她的老师。和久子的事败露后，银平当然被开除了教职。

银平一直尾随到久子的家门口，他对那宅门的气派感到震撼而戛然止步。大门连着石头围墙，铁棍格子的门扉上镶嵌的蔓藤式花样纹饰都十分考究。门扉敞开着。久子从蔓藤式花纹的里面转过头来，向银平喊道：

“老师。”她苍白的脸上涌上来美丽的潮红。银平也脸颊滚烫，以沙哑的声音说道：“啊，这里就是玉木的家吗？”

“老师，您有什么事吗？您是来家访的吧？”

要来自己的学生家，是不可能默默尾随而来的。银平端详着大门里面，摆出一副感叹的神情说道：“是的。太棒啦！如此豪门没毁于战火，堪称奇迹！”

“我家已被烧掉了。这里是战后新买的房子。”

“这里是战后……玉木，你父亲是做什么的？”

“老师，您有什么事吗？”久子隔着蔓藤式花纹的铁格子，怒目瞪了银平一眼。

“哦，是这么回事。脚气的……那个，你父亲知不知道疗效不错的脚气药呢？”银平哭丧着脸，暗忖，在这豪华的大门前扯起脚气算哪档子事呢？久子却依旧板着面孔反问道：

“是脚气吗？”

“嗯，是治脚气的药。玉木，喏，在学校你不是对朋友提起过脚气特效药吗？”

久子的眼神像是在极力回想似的。

“老师已经几乎不能走路了。那治脚气的药名，你能帮我问一下你父亲吗？老师就在这里等着。”

看准久子消失在洋房的大门内，银平就拔腿逃跑了。银平的丑陋双脚好像要追赶银平过来似的。

银平推算，久子恐怕不会向家里和学校告发被尾随的事吧。可那天夜晚，他头痛得很厉害，痛苦不堪，眼皮也跳到痉挛，不得入睡。就是他躺在床上，也只是浅睡眠，而且还屡屡醒来，每次伸手捂在满是冰冷油汗的黏糊糊的额头上，沉积在后脑勺的毒素就爬上头顶转移到额头，那时头又痛了。

银平首次出现头痛，是从久子家的门前逃离，徘徊于附近繁华街道的时候。在人头攒动的大街正当中，银平站不住，就捂着额头蹲下身来。他感到伴随头痛一起出现的还有眩晕。锵锵锵、丁零零……好像街上响起了幸运抽奖活动有人中了大奖的铃声，也仿佛是消防车疾驶过来的铃声。

“您怎么啦？”有个女人的膝盖轻轻抵了下银平的肩膀。银平转脸仰望，感觉像是战后出没于繁华街道的野妓。

为了不挡住过往行人，银平也不知何时靠到花铺橱窗那边去了。他似乎把前额顶在了橱窗的玻璃上。

“你是跟在我后面过来的吧？”银平对女人说。

“也谈不上尾随什么的啊。”

“不会是我跟在你后面过来的吧？”

“是嘛。”

女人的回答是肯定呢，还是否定呢，暧昧不清。假若是肯定的，女人本应后续些言辞，然而她却愣了一会儿，银平耐不住性子，便急切地说道：

“若不是我尾随你，那不就是你尾随我了吗？”

“随你说吧……”

女人的身姿显映在窗玻璃上，犹如显映在窗玻璃对面的花簇中。

“你在干吗呀？！请快站起来。过往的人在往这边瞧呢。哪里难受？”

“哦，是脚气。”

银平又将“脚气”脱口而出，连他自己也惊愕不已。“脚气痛得不能行走。”

“你这人不开窍呀。附近现成有个好店铺，去休息一下吧。把鞋子、袜子全脱掉就好啦。”

“我讨厌被人家看到哟。”

“人家不会看那儿的嘛。脚丫子那玩意儿……”

“会传染的。”

“不传染呀。”女人将一只手插进银平腋下说，“走，说去就去。”她像是要拎起银平。

银平一边用左手的手指捏着额头，一边看着映在花簇中的女人面庞。就在这当儿，从对面显现出了闯进花簇的另一个女人的面容。大概是花店的女主人吧。银平好像为了抓一簇窗对面的白色大丽花，将右手撑在橱窗的大玻璃上起身站了起来。花店女主人皱起稀疏的双眉，怒视着银平。银平感到有胳膊捅破这块硕大窗玻璃而流血的危险，便把身体重心转到女人这边了。女人站稳脚跟，说道：

“想逃掉，不成哟！”紧接着，她猛地掐了一把银平的胸脯。

“啊，疼！”

银平顿感神清气爽。他不大明白从久子的家门前逃走后，为什么最终辗转到这繁华地带，可被女子这么一掐，头脑即刻轻松了。那爽快劲儿，宛若在湖边享受着微微山风的吹拂。那当是嫩叶青青时节的凉风，而银平在感到用胳膊似能捅破花店那湖泊般硕大的窗玻璃之后，心头才浮现出了结冰的湖。那是母亲村边的湖。那湖的岸边也有镇子，可母亲的故里却是乡村。

迷雾笼罩着湖面，岸边冰层的远处遮掩在雾中，白茫茫一片。银平邀表姐弥生到湖上的冰面散步，其实倒不如说是把她骗了出来。年少的银平诅咒过弥生，怨恨过弥生。他心怀歹念，暗忖：脚下的冰层怎么不裂开，让弥生掉进冰层下面的湖水中呢？弥生比银平年长两岁，可银平的邪脑筋比弥生发达。银平的父亲在银平虚岁十一岁时离奇去世，母亲心绪不宁，似要回归故里。比起仿佛在春天温暖阳光下成长起来的弥生，银平这孩子倒是需要有些邪脑筋。银平与表姐的初恋，也许还隐藏着一个不想失去母亲的心愿。年幼的银平感到幸福的是与弥生漫步在岸边的小路上，湖面上映出他俩身姿的时光。每逢他俩一边观湖一边漫步时，银平就不由觉得映在水面的二人身影，走到哪里也不会分离。然而幸福是短暂的。年长两岁的少女到了十四五岁，作为异性，似乎要甩掉银平，而且自银平的父亲去世后，母亲故里的人们也都忌讳银平家。弥生也疏远银平，明打明地蔑视他。也就是那段时间，银平常想：湖上的冰层裂开，弥生掉下去才好呢。后来，弥生和一位海军士官结了婚，如今应该成了寡妇。

时至如今，银平仍是从花店的窗玻璃浮想起湖面的冰层。

“你掐得好狠哩。”银平揉搓着胸脯对野妓说，“肯定会留块瘢痕的。”

“回去叫你老婆看一下。”

“我没有老婆呀。”

“扯啥呢。”

“真的，我是单身教师。”银平平静地说。

“那我就是单身女学生啊。”女子答道。

她准是瞎诌！银平也没有重新观察女子的面容，但一听到“女学生”这个词，又头痛起来了。

“脚气痛啦？真是的，我说还是少走路为好，可你偏偏……”女子看了看银平的脚。

刚才被我尾随到家门口的玉木久子，假若这次反过来尾随我银平，看到我和这样的女子一起逛街，她会怎么认为呢？银平想到此，突然回头看了看人群。进入大门的久子是否又来到大门那儿，银平不得而知，可他坚信：这会儿，久子的心确实在追随自己过来。

久子的班次日也有银平上的国语课。久子在教室门外等待着——

“老师，给您药。”她麻利地往银平的衣兜里装进了什么东西。

银平因昨晚头痛而没有备课，还因睡眠不足而颇感乏倦，便决定让学生写作文。题目不限。一个男学生举手询问：

“老师，写有关疾病的事也可以吗？”

“啊，可以任意写。”

“比如，有点令人恶心，这脚气的事也能……”

顿时笑声四起。然而，大家都朝那位同学那边观望，没有人将惊异的目光投向银平。看来他们嘲笑的并不是银平，而是那位同学。

“就是写脚气也没关系吧。老师没有经历过，会成为我的参考资料吧。”银平一边说着，一边看了看久子的座位。学生们又一阵哄笑，但这笑声像是站在银平无辜的立场上的。久子仍旧埋头写着什么，没有昂脸。她的脸一直红到耳朵根。

久子前来把作文放到教桌上时，银平看到了那上面写着《老师的印象》的题名。无疑她写了自己的事儿——银平想。

“玉木，过会儿稍留一下。”他对久子说。久子点下头，轻微得几乎无人发觉，然后翻个上眼皮瞟了一眼银平。银平感觉好像被她瞪了一眼。

久子暂且离座，来到窗边观望着庭院，而在全体同学交完作文后，她就转身走近了讲坛。银平慢慢将作文卷子扎好，站起身来。在来到走廊之前他一声不吭。久子在银平后边一米左右跟过来。

“那药，谢谢啦。”银平回头说道，“脚气的事，你跟谁说过？”

“没有。”

“对谁都没说?”

“是的。我跟恩田说了。因为恩田是我的好友……”

“对恩田……”

“只对恩田一个人说过。”

“跟一个人说了，就等同于对大家说了。”

“不会的。那是仅限于我和恩田二人之间的悄悄话。我和恩田之间，没有任何秘密可言。我们是约定好无话不谈的。”

“你俩是这么亲密无间的好友?”

“是的，就拿家父患脚气的事来说，我正在与恩田聊着的时候，老师全都听见了。”

“倒也是哩。不过，你对恩田就无任何秘密?那是撒谎。你仔细思考思考看。说什么对恩田毫无秘密可言，就算你和恩田一起待上二十四小时，把浮在心头的事一五一十地聊上二十四小时，仍然是不可能毫无秘密的呀。比方说，假设你睡着的时候做了梦，次日早晨忘掉了怎么办?这就不可能向恩田说了。那个梦也许是同恩田不和，想杀掉恩田的呢。”

“我不会做那种梦。”

“总之，所谓彼此之间毫无秘密的好友，是病态的空想，是姑娘弱点的假面具吧。所谓毫无秘密，那是天堂或地狱的神话，不会存在于人类世界呀。假如你对恩田没有秘密，你也不会作为一个人而存在，也就等于没有生存。你将手贴在胸口上思量思量吧。”

无论是银平阐述的道理本身，还是他为何阐述这番道理，好像久子都没即刻领会。

“那就不可相信友情喽？”久子耐住性子反问道。

“毫无秘密构不成友情哟。不光友情，所有人的感情也不会构成。”

“啊？”少女仿佛依然不得要领。

“重要的事，我都和恩田相互诉说。”

“唔，真这样吗……最重要的事，还有鸡毛蒜皮之类不重要的事，你未必也向恩田说吧？我和令尊等的脚气，重要到什么程度呢？我想，对你来说大概是中等程度吧？”

被拖入迷雾里似的久子，因银平这不怀好意的言辞，仿佛在这里突然被推落下去了。久子面色苍白，哭丧着脸。银平用安抚似的温柔语调继续说：

“你家庭内部的杂事，也统统跟恩田说？不会这样吧。不会说出令尊工作上的秘密什么的吧。怎么样，我说的没错吧？还有，在你今天的作文中，好像写了我的一些事情，可就是这个，在所写的内容里，也有没曾向恩田说的吧。”

久子以泪汪汪的双眼狠狠地瞪了银平一眼。她仍一言不发。

“令尊战后靠什么工作成功的呢？太了不起啦！我不是恩田，但我也想听听你的详细介绍呢！”

银平的语调显得漫不经心，却明显是存心恐吓。假如是在战后买的那种豪宅，大都有涉黑违法或犯罪之嫌。银平向久子旁敲侧击，谋图让她不要泄露自己尾随她的事情。

不过才时隔一天，久子就来上银平的课，还带来脚气药，写了题为《老师的印象》的作文，所以银平再次确认了昨晚的推理，认为目前不必为尾随担忧。再者，银平是神志不清的酩酊吧，竟梦游似的尾随久子，这是受久子的魔力诱惑所致，所以说，久子已经将自身的魔力喷到了银平身上。经过昨天被尾随一事，久子自我意识到了其魔力，或许她倒为隐秘的愉乐而嘚瑟呢。银平仿佛感触到了怪异少女身上的电流。

然而，银平觉得恐吓久子到此为止也就算了。他一抬头，看见恩田信子站在走廊尽头正望着这边。

“你的好友不放心，在等着你哟。再见……”银平放走了久子。久子绕过银平前面向恩田那边跑去，那姿态一点不像个少女。离开银平后她步子渐渐放慢，一副垂头丧气的样子。

三四天后，银平向久子道谢：

“那个药，可见效啦。多亏了你，我的脚气彻底治好啦！”

“是吗？”久子双颊飞红，浮现出了可爱的酒窝。

然而，关于可爱的久子之事并未到此结束，她和银平的交往被恩田信子告发，直至学校把银平开除。

时过境迁。如今，银平在轻井泽的土耳其浴室享受澡堂女的腹部按摩时，脑海中浮现出在那宏伟壮丽的洋房里，久子的父亲坐在奢华的安乐椅上薅着因脚气而生的死皮的姿态。

“哼，脚气患者不得进入土耳其浴室吧。一被蒸熏，其痒难忍哪！”银平说罢，不由冷冷一笑，“脚气患者曾来过这儿？”

“这个嘛。”

澡堂女无意正面回答。

“俺不知什么是脚气哪。那不都是生活奢侈、细皮嫩肉的脚才染上的吗？高尚的脚患上了卑贱的病菌。人生，就是这码事。俺这种猴子般的脚，就是把那病菌培植上去也绝不会存活。脚上的皮又硬又厚哪！”银平边说边想：澡堂女的白嫩手指，犹如黏糊糊粘在那丑陋的脚掌上一般为俺按摩哩。

“真是连脚气都退避三舍的脚。”

银平眉头紧蹙。如此惬意的当下，为何竟然向美丽的澡堂女说起了脚气这等事呢？不说就不行吗？这肯定缘于那时向久子撒的谎。

银平在久子家门前说自己因患上脚气而烦恼，想询问治脚气的药名，这实为脱口而出的谎言。三四天后他道谢说“脚气彻底治好啦”，也是接续上次的谎言。银平根本就没患过什么脚气。上作文课时，他说自己没有患过脚气的经历，这倒是事实。从久子那里拿到的药，早被他扔掉了。对野妓说自己因脚气而身心疲惫，也是脱口而出的，是接续前一个谎言的谎言。一旦编造出来，谎言就会不离不弃地追踪而来。一如银平尾随女子，谎言也尾随银平而来。恐怕罪恶也是如此吧。一旦犯下了，罪恶便会跟随犯罪人的后面过来，使其重犯罪恶。恶习亦然。一旦尾随过女人，它便会促使银平再次尾随女人。它像脚气那样坚韧顽固，而且持续扩展，不止不息。今年夏天的脚气即使消除了，来年夏天还会复发。

“我不是没有脚气吗？我不知道脚气是何物。”银平像训斥自己似的吐露出真言。能将尾随女子的美丽的战栗和恍惚，与肮脏的脚气这等事相提并论吗？一度编造的谎言，竟然使银平生出如此深刻的联想吗？

然而，现在银平脑中忽然闪现出这样一种念头：在久子家门前脱口而出“脚气”这一谎言，也是因为自己的脚难看这种自卑感吧？想到此，银平颇感惊诧。这是肉体局部的丑因向往美而哀泣吧？丑陋的脚追随美女乃是上天的神意吧？

澡堂女要从银平的膝部移向小腿去揉按，便转过身。就是说，银平的脚会暴露在澡堂女的眼皮底下。

“那里不必再按了。”银平慌忙说。他将长长脚趾的嶙峋关节向内弯曲，紧缩起来了。

澡堂女用绕梁三日般的悠扬声音说：

“我给您剪剪趾甲吧？”

“指甲……啊，脚指甲……给我剪脚指甲？”银平惊慌失措，含含糊糊地说，“是长得太长了吧。”

澡堂女把手掌贴在银平的脚掌上，用柔软的肌肤触感，一边把猴子脚般的歪扭弯翘的脚趾捋开，一边说道：

“是有点长……”

澡堂女剪趾甲的手法既认真又轻柔。

“你什么时候都在这儿，真好啊。”银平如是说。他现在已经不顾忌什么，任由澡堂女怎么修剪脚趾了。

“想见你时，来这儿就可以。要是想让你按摩，点工号就可以吧？”

“是的。”

“我不是擦肩而过的路人，也不是居无定所、隐姓埋名的人，更不是邂逅后若不尾随就会消失在不会重逢的世界中的人。好像我讲的有点玄乎……”

一旦断念任由它去，仿佛这脚的丑陋反倒诱发出温暖幸福的泪水。银平还从没有像今天这样，让女人用一只手撑着脚剪趾甲，暴露出丑陋的脚来。

“我说的似乎很怪异，但这可是真的哟！你没有体验吧？擦肩而过的人一去不复返，这是多么令人惋惜啊……我常遇到这种事。多么招人喜爱的人啊，多么漂亮的女子啊，这种勾人心魂的人今世没有第二个吧，同这种人在街上擦身而过，在剧场相邻而坐，走出音乐会的会场就并肩走下台阶，这样分别后就再也不能重逢了。话虽这么说，可总不能把素不相识的人叫住，也不能与之攀谈吧。人生就是如此吗？那种时候，我真是悲痛欲绝，失魂落魄。我真想尾随到今世的尽头，但这也是不可能的。因为非要尾随其后走到今世的尽头，就只得把那人杀掉啊。”

银平不知不觉间把话说过头了，惊恐得倒吸一口凉气。为了将其掩饰过去，他接着说：

“刚才我说的有点夸大其词了，可是要想听你的声音，拨个电话也就成了，真幸运啊！然而你与客人不同，你这边就不自由啦。即使你有喜欢的客人，希望他再来，在内心翘首以待，来不来也是客人的自由，因为他也许不会再来啦。你不认为这是无常吗？所谓人生，不过如此。”

银平凝望着澡堂女那处女特有的后背，她的肩骨随着剪趾甲的动作而微微动弹。剪完趾甲，澡堂女依然背向银平，犹豫了一会儿，说道：

“您的手……”她转身面向银平。银平把手扬到平躺的胸上方看了看。

“手上的好像没有脚指甲长得那么长吧。也没有脚那么脏。”

然而，这当然不属于拒绝，所以澡堂女把手指甲也给银平剪了。

银平知道澡堂女好像越发讨厌他了。就连他自己，也对刚才信口开河的言辞感到不快。难道追踪的极点果然是杀人吗？水木宫子，仅仅因为自己拾起了她的那个手提包，如今也不晓得还能否再见到她。这好像等于是擦身而过的诀别。自己和玉木久子也被隔断了，一别难再逢。追至穷途，并没有杀掉她们。久子也好，宫子也好，抑或她们都消失在手不可及的世界里了。

久子和弥生的面容在银平脑海中浮现出来，鲜活得令人惊奇。银平将其与澡堂女的面容做了比较。

“待客如此周到，倘若没有回头客，那才不可思议呢。”

“瞧你说的，这是买卖嘛。”

“用这么悦耳的声音，说‘这是买卖嘛’？”

澡堂女转过脸去。银平难堪地闭上了眼睛。从闭合的眼睑隙缝中，他模模糊糊看到了白色的文胸。

“把它摘下来。”银平说罢，便用指尖捏住了久子文胸的边缘。久子摇了摇头。银平抓紧使劲猛拽。松紧带在银平手中缩成一团。久子茫然，双眼盯着银平手中的文胸，敞开了胸怀。银平把紧握在右手中的东西丢弃了。

银平睁开眼，看到了澡堂女正剪着指甲的自己那只右手。久子比澡堂女要小几岁吧。也许小两岁，也许小三岁，如今久子也像这位澡堂女一样，肌肤变白了吧。银平闻到一股久留米产的藏青地碎白花纹布的气味。那是银平少年时代的衣服布料，而现在是由自己以前的女学生久子穿的藏青哔叽裙子的颜色引发的联想。当把腿伸进藏青色哔叽裙子里时，久子哭了，银平也热泪盈眶。

银平右手的手指松弛下来了。澡堂女把银平的手托在自己的左手上，右手持剪刀娴熟地剪着指甲。在银平母亲故乡的湖畔，和弥生牵手漫步在冰层上时，银平的右手就是松弛的。

“你怎么啦？”弥生说罢，返回到岸上。倘若右手是紧紧握着她的手，那个时候银平就会把弥生沉入湖面冰层下面去了吧。

弥生和久子都不是擦肩而过的人，银平不但知道她们的住址和姓名，而且还有联系，是随时可见的人。即便如此，银平仍在尾随；即便如此，仍不得不离别而去。

"您的耳朵……我来给做一下吧？"澡堂女说道。

"耳朵？怎么个做法？"

"那就做吧。请坐起身子……"

银平起身，坐在了睡椅上。澡堂女曼妙地揉捏着银平的耳垂，忽而将手指钻入他的耳道，仿佛在里面曼妙地回转。耳道中的污浊空气被排空而变得清爽，充盈着微微的香气。继而传来曼妙的细碎声响，随着声响又传来曼妙的震动。仿佛澡堂女用另一只手不断轻轻拍打钻入耳道的手指。银平陷入奇怪的恍惚之中，感叹道："怎么搞的呀？如入梦境一般哪。"他转过脸来，但没能看到自己的耳朵。澡堂女将胳膊稍微倾斜至银平的脸那边，重把手指伸进他的耳道，这次慢慢悠悠地转动手指给他看。

"真是天使之爱的窃窃私语啊。这样一来，把以前积淀在耳朵里的人间声音全都清除掉，只想倾听你的悠扬声音哪。人间的谎言似乎也从耳朵中消失了。"

澡堂女将赤裸之身靠向赤裸的银平，向银平奏出了天上的音乐。

"慢待您啦！"

按摩做完了。澡堂女给仍在坐着的银平穿上袜子，扣上衬衣的纽扣，把脚放进鞋中，系上了鞋带。银平自己做的，仅仅是系好松紧合适的腰带和打上领带。银平走出浴室，在喝冰果汁的时候，澡堂女仍站在身旁。

随后，被澡堂女送行到门厅的银平，一来到黑夜的庭院就看到了一个硕大蜘蛛网的幻象。两三只绣眼鸟和各种各样的虫子一起，也挂在了蜘蛛网上。蓝色的羽毛和白色的眼圈，看起来鲜艳夺目，可爱动人。绣眼鸟如果振翅扑腾，也许会捅破蜘蛛网，可它们偏偏紧拢双翼在网上挂着。倘若蜘蛛靠过来，很有可能被它啄破肚皮，所以它雄踞网中央，把屁股对着绣眼鸟。

银平把目光再抬高到黑黢黢的森林那边。母亲村庄的湖面，倒映着遥远岸边的夜中火灾。银平宛若被显映在那片湖水中的黑夜大火吸引住了。

装有二十万日元的手提包遭到抢劫，宫子没向警察报案。二十万日元对宫子来说，全然是关乎命运的巨款，可她亦有难言之隐。因此，可以说银平大可不必为此事徒步逃窜于信州一带。再说，假设有人追踪银平而来，那则是盯上他所持的钱吧。这不是他偷走了钱，倒像是钱本身不放过银平而辗转追随。

银平肯定是偷了钱，可当时他向宫子几乎喊出“手提包掉了”，所以这也许构不成抢劫。宫子也不认为遭到银平抢劫。另外，她也不能明确认定那手提包就是银平偷走的。宫子把手提包撂在道路中央离开时，在现场的就银平一人，当然要首先怀疑银平，然而宫子并没亲眼见到银平将包拿走，所以，银平也许没有拾起那包，而是另外的过路人拾走了。

“幸子，幸子！”那个时候，宫子进了家门就喊女佣。

“手提包呀，弄丢了，请你帮我找回来。就在那边的药店前面啊。快点儿，跑着去。”

“好！”

“别磨蹭，不然就被人拾走啦！”

宫子喘着粗气上了二楼。女佣阿辰追着宫子来到了二楼。

“小姐，您说把手提包弄丢了……”

阿辰是幸子的母亲。阿辰先来到这家，尔后把女儿叫了过来。宫子独居的小房子无需两个女佣，可阿辰攥住这家的把柄，蹿上了超越女佣的地位。阿辰时而称宫子“夫人”，时而称“小姐”。有田老人来到这个家的时候，她必定称呼“夫人”。

有一次，宫子受阿辰诱导，来了情绪，便敞开心扉地说：

“在京都的旅店呀，侍候我的女佣吧，当我一个人在时，管我叫‘小姐’哟。有田在场的时候，即使我们岁数相差大，仍称呼我‘夫人’……称呼‘小姐’也许是在愚弄人，得了得了，听起来总觉得怪可怜的，令我悲伤啊。”她都说到这份上了，所以阿辰便应答道：“既然这样，我也那么称呼您吧！”此后，阿辰也就按那种叫法称呼宫子了。

“然而，小姐您走在街上把手提包落下了，不是很奇怪吗？您手里又无其他行李，只拎着一个手提包吧？”

阿辰把小眼睛瞪得浑圆，抬头直盯着宫子。

阿辰的眼睛即使不睁大也是圆的。那可是滚圆水灵的双眸。大概是眼睑开缝太短吧，眼睛虽小，但睁开就是圆滚滚的。而幸子的长相铁随阿辰，她的眼睛着实可爱动人，但阿辰的眼睛看起来太过不自然，莫如说令人恐惧而诱发出警戒心。事实上，一旦与她对目相视，阿辰的目光便会令人感到深不可测，琢磨不透。她那极为浅淡的茶色双眸几近透明，反而令人感到冷峻有加。

她那白净的脸蛋儿也是又圆又小。脖子粗，胸部更粗，越往下越粗，不过她的脚却很小。女儿幸子的小脚可爱得令人惊愕。然而，母亲的脚脖子却很细，小脚也多少给人一种狡猾多端的感觉。她娘俩均为小个头。

阿辰后脖颈肉墩墩的，所以，即使她仰视着宫子，她的脖子也不能怎么往后撅，只是翻着眼皮往上瞅，何况宫子是站着的，她似乎只能看到宫子的胸部中段。

“失落的东西就是失落啦！”宫子以训斥女仆的语气说，“其证据，不就是手提包没有了吗？”

“可是，小姐您说就在附近的那家药店前面吧？地点您也知道，而且就在附近，怎么就能失落呢？手提包这种东西……”

“失落的东西就是失落啦！”

“与洋伞相同，常常会忘记带回来，可把手里拿着的东西失落了，这可比马失前蹄还不可思议哇！”阿辰抖出了奇妙的比喻。

“发觉失落了，您拾起来不就成了吗？”

“那当然。你刚才说些什么呢？如果掉下的时候就发觉，那就不会真的丢失啦！”

宫子意识到自己仍然穿着外出的西服套装，就登上了二楼，一直站在那儿未动。不过，宫子的西服衣橱与和服衣橱都在二楼四叠半[1]的小房间里。有田老人来这儿的时候，他们就住在隔壁的八叠双人间，宫子换衣服也较方便，可正因为如此，阿辰的势力才在楼下得以伸延。

“请你下去，拧条手巾上来。用凉水涮一下哟。我有点冒汗啦。”

“好的。”

宫子觉得这么吩咐阿辰，她便会到楼下去，而且自己若赤裸着擦汗，阿辰就不会在二楼待了吧。

“好，在洗面盆的水中加入冰箱里的冰块，我来给您擦吧。”阿辰应答。

“不必啦！”宫子双眉紧蹙。

与阿辰下楼梯的同时，门厅的大门开了。

“妈妈，我从药店前面一直寻找到电车道那边，也没有见到夫人失落的手提包呀。”楼下传来了幸子的说话声。

“想必会是这样……你上二楼，去向夫人报告。那么，你向派出所报告啦？”

---

1 叠指一张榻榻米的面积。一般的榻榻米面积约合1.62平方米。四叠半约合7.3平方米。

“哎呀，这要报警吗？”

“你也太木讷啦！快去报警吧。”

“幸子，幸子！”宫子从二楼叫道。

“不必去报案啦。因为包里也没装什么重要的东西……”

幸子没应答，阿辰把洗面盆搭在木盆上，端到二楼来了。宫子把西服裙也脱掉，只剩下了贴身内衣。

“我可以给您擦擦后背吗？”阿辰用了异常谦恭的言辞。

“不必啦。”宫子让阿辰拧把手巾，接过来后就甩了甩脚丫，开始从脚擦拭，首先抹了抹脚趾缝。阿辰将宫子握成团的袜子抖开叠好。

“别叠啦，那是该洗的。”宫子将毛巾扔到阿辰的手边。

幸子一上来，就在隔壁的四叠半房间的门槛边，一边双手伏地叩拜，一边说：“我回来了。没发现有失落的手提包。”真是又可爱又好笑。

阿辰对宫子，时而异常殷勤，时而粗率简慢，时而又如胶似漆，熟不拘礼。她时刻在变，花样多端，还把这种待人礼数唠唠叨叨地灌输给女儿。有田老人回去的时候，她指点幸子要给老人系鞋带。患有神经痛的有田老人，曾手扶蹲在脚旁的幸子肩膀站起身来。宫子也看得特别透彻，阿辰图谋让幸子把老人从宫子手里偷过去。然而，宫子不晓得阿辰是否已经对十七岁的幸子讲明了那个旨意。阿辰还让幸子用上了香水。当宫子谈及此事时，阿辰便应答说：

“那是因为这孩子体味太浓重了。”

“让幸子到派出所去一趟，报下案怎么样？”阿辰追问似的说。

“你还纠结着呀。”

“那不白扔了吗？装有多少钱？”

“没装钱的。”宫子闭上眼，将凉毛巾敷在眼睛上面，沉静良久。心脏的搏动又变快了。

宫子持有两个银行存折。一个用阿辰的名义，存折也寄存在阿辰那里。这存折上是瞒着有田老人的钱。这是阿辰出的鬼点子。

取出的二十万日元，是从宫子名下的存折走账的，而取钱的事对阿辰也是保密的。再说，这事一旦被有田老人发觉，恐怕就会问及这二十万日元的用途。所以，她没有稀里糊涂地去报案。

对宫子而言，这二十万日元浸透着自己的心血，可以说是青春的补偿——她委芳华之躯于行将就木的白发老人，耗尽了鲜花绽放的短暂时光。那钱一旦丢掉，瞬间便消失无踪，什么也没留下。这真是令人难以置信的事情。再者，花掉的钱，即使那钱没了，尔后也能有所回忆，可积攒的钱，倘若把那钱无故丢失，想起来也窝囊。

然而，丢失二十万日元的时候，宫子也不是没有瞬间的战栗。可那是快乐的战栗。与其说宫子被尾随而来的男子吓得奔逃，倒不如说她惊愕于突然而至的快乐而转过身来。

毋庸置疑，宫子自己没觉得弄丢了手提包。银平不明白是被手提包打了，还是被手提包砸了，与此相同，宫子也不知道是打过去的，还是砸过去的。然而手上却有种强烈的反应。当时兴奋得手发麻，继而这种感觉蹿到臂膀，蹿到胸部，全身陷入了剧痛似的恍惚之中。被男子尾随而来的过程中，闷在心中的积怨仿佛瞬间迸发了出来。掩埋在有田老人阴影中的青春瞬间复活，并产生了复仇后般的战栗。由此看来，对宫子来说，积攒二十万日元的漫长岁月的自卑感，仿佛在这一瞬间得到了补偿，所以，这当然不是无端丢失，依然是丢有所值吧？

不过，实际上这好像与二十万日元毫无关系。在用手提包击打男子，或是把手提包砸向男子的时候，宫子把钱的事忘得一干二净。她甚至连手提包脱手也没发觉。不，她在转身逃跑时也没想起来。从这点来看，宫子弄丢手提包一说是对的。再者，在击打那个男子之前，宫子实际上就忘掉了手提包，忘掉了包中装的二十万日元的现金。她满脑子唯有被男子尾随着这一意念，心中波澜起伏，就在那波浪突然撞击时，手提包没了。

宫子即使进了家门，还沉浸在快乐的昏昏然之中，为了继续隐瞒下去，当然就直接奔上了二楼。

“我想光身擦一擦，请你下去吧。”

宫子从脖子擦到胳膊时，对阿辰如此说道。

“在浴池冲冲怎么样？”阿辰看看宫子，好像不明就里。

“我不想动了。”

"是吗？不过，在药铺的前面——穿过电车道到进家门这段路上失落的，这是肯定的吧？我还是去趟派出所问一下吧……"

"我弄不清在哪里呀。"

"为什么？"

"因为后面有人尾随我……"

宫子只想尽快一个人待着，拭去残留的战栗，所以稀里糊涂说漏了嘴，阿辰睁大滚圆的双眼，光闪闪的。

"又遇上啦？"

"是啊。"宫子端正了坐姿。然而话一出口，快乐的余韵便倏然消失，留下的仅是恶心得直冒冷汗。

"今天你是径直回来的吗？还是又牵着男子兜圈子走过来的？因此才把手提包弄丢啦？"

阿辰回头看了眼还坐在这里的幸子，说道："幸子，你在呆想什么呢？"

幸子眯缝着眼，正在起身离席时，突然一只脚打了个趔趄，弄了个大红脸。

然而，幸子也是知晓宫子常被男人尾随的。宫子也告知了有田老人。那次在银座大街的路中央，宫子还对老人耳语：

"有人尾随我啦。"

"哎？"老人正要回头看，宫子忙说："千万别看！"

"不能看吗？你怎么知道被尾随的呢？"

"这我知道呀。刚刚从前边来的那个，好像戴的是蓝帽子，是个高个头男子哟。”

“我没注意，是不是擦肩而过的时候，传递了什么信号？”

“荒唐呀，您是想试问我，那只是擦肩而过的人呢，还是闯入我人生的人，对吧？”

“你高兴吗？”

“您真想问一问吗……喏，咱打赌吧，看他能尾随我走到哪里……我真想赌一把哩！和拄着手杖的人一起走可不行，所以请您到那边的布料店里瞅着。倘若尾随我走到那头再跟着回来，您就送我夏季穿的白色西服套装哦。不是麻布料的啊。”

“要是宫子输了呢……”

“什么？那就让您整夜枕着我胳膊睡。”

“别耍滑头呀，不准往后看，不准说话！”

“那当然！”

这是有田老人预想到自己会告负的博弈。老人认为：假如自己输掉了，宫子也会让他彻夜枕着她的胳膊睡吧。然而，一旦睡着了，是否还枕着她的胳膊不就不知道了吗？想到此，老人一边苦笑，一边迈进了男装布料店。随后，他目送着宫子和尾随她的男人，身心竟不可思议地荡漾出勃勃朝气。这不是嫉妒。嫉妒是禁令。

老人的家里有个冠以保姆名义的美女。她三十开外，比宫子年长十来岁。将近七十的老人，被这两个年轻人搂着脖子抱着头，还含着她们的乳房，感觉犹如在母亲的怀抱之中。

能使自己忘掉当世恐怖的非母亲莫属，即使老人也不例外。老人对保姆和宫子都告知了相互的存在。老人威吓过宫子：倘若二人出现嫉妒，他会因过于恐惧而变得狂暴，也许会做出施害的事情，也许会诱发心脏麻痹而猝死，等等。虽然这是老人随意之说，但老人的确患有被害妄想症和心脏衰弱，宫子也是知道这些的，所以她会在必要时刻，将柔软的手掌贴在老人胸口上一动不动，或是将美丽的面颊轻轻地依偎在老人的胸膛上。然而，名叫梅子的保姆似乎不会不嫉妒的。宫子凭经验无意间觉察到，大凡有田老人进宫子的家门取悦宫子的日子，总会生出被梅子嫉妒的事情来。一想到尚且年轻的梅子嫉妒这般老人，宫子就感到扫兴，继而转变为厌世。

有田老人常对宫子夸奖梅子颇具家庭型风情，所以宫子也顿悟到自己被索求的是娼妇型风情。即便如此，最明显的还是老人渴望着从宫子和梅子身上得到母性。生母在有田两岁时和父亲离婚了，尔后来了继母。老人把这件事也向宫子反复讲过。

“如果继母也是像宫子和梅子这样的人，来到我家，我会多么幸福啊！”老人对宫子撒起娇来。

“那还真不知道如何哟！对我来说，假如你是继子，我会虐待你的。你肯定是个讨厌的孩子吧。”

“是个可爱的孩子哟。”

“为了补上继子受虐的经历，到了这个年岁，竟然拥有两位好母亲，所以说，您不是在福地里吗？”即使宫子不无讥讽地调侃，老人仍旧顺从地说道：

“完全如此。心怀感激！”

感激什么呀？宫子感到心中也有近似愤怒的情绪，可对一个年近七十的老人还在工作的现状，她也不是没有思索过这对自己的人生而言存有可学之处。

仍在工作的有田老人对宫子懒散的生活似乎十分焦急。宫子孑然一身，无所事事。她在过着不是等待老人而又像是等待老人的生活，年轻的活力也在衰减下去。那个女佣阿辰成天忙什么呢，宫子感到不可思议。老人旅行时，宫子总是跟着，阿辰出点子让她虚报住宿费。她说让旅店在结账单上另加数额，然后让对方将那多加的数额返还给宫子。即使有给帮办这种事的旅馆，宫子也认为自己太过寒碜。

“还有啊，茶水钱和小费也可抽取点呢。就说结账吧，老爷会请夫人到隔壁房间去办理吧。茶水钱和小费，就让老爷多出点。老爷是要面子的人，肯定会给你的。你拿着钱到隔壁房间之前，如果小费是三千，你就迅速从中抽出一千，掖进腰带里面或者塞入外套的大襟后面，谁也不会知道的。”

“呀呀呀，太令我吃惊啦。这么没出息，这点小钱……”

然而，试想一下阿辰的薪水，这可不是小钱吧。

“没有小钱一说呀。要攒钱，只能聚尘成山，积少成多，别无他法。像我们这种女人之身……积蓄钱呀，全靠日积月累哟。”阿辰振振有词地说，“我是站在夫人一方的。您这不是将年轻的鲜血毫不吝啬地让老爷子吮吸而获得的积攒吗？！”

有田老人一来，阿辰连声音都完全变样了，俨如服务行业的女招待一样，可对于宫子来说，那却是现在都感到令人作呕的声音。宫子有点发冷。然而，比起阿辰的声音和话语，更使宫子有点心凉的，是她想到犹如日积月累攒钱那样，或是像与之相反的那样，日月流转太快，自己身体的芳华在一直流逝。

宫子与阿辰的成长过程不同，战败以前，宫子是在宠爱中成长的孩子，所以她确实想不出连支付房费也能攫取钱财，她认为这也佐证了给她出点子的阿辰在炊事方面零打碎敲地捞过小钱。即使一包感冒药，阿辰去买与让幸子去买相比，就相差五日元十日元的。这样聚尘，阿辰筑垒起了多大的山头呢？宫子也滋生出了向其女儿幸子试探试探的好奇心。因为阿辰没有给过女儿零钱，所以也没给她看过存折吧。宫子觉得不问即明，就粗估了一下，从阿辰小打小闹、蚂蚁搬家似的本性来看，谅她也抠不出多少钱来。总之，阿辰的生活是健康的，宫子的肯定是病态的。宫子的年轻貌美是消耗品，阿辰似乎没有消耗自己的什么而照样活着。当听到阿辰受战死的丈夫百般折磨而备受煎熬时，宫子却抱着幸灾乐祸的心情问道：

“你痛哭过？”

“当然痛哭过……那些日子天天以泪洗面，双眼通红。他扔出的火筷子，扎到了幸子的脖子上，至今还留块小伤疤呢。

是在脖子后面，您一瞧就能看出来。我觉得那伤疤是最明确的证据。”

“证明什么呢……”

“是啊，证明什么呢，小姐，我有口难言哪！”

“想来，假如就连阿辰这样的人都受欺侮，那么，男人呀，的确了不起呢。”宫子佯装什么也不知道。

“是啊。可我也反思啦。那时我失魂似的迷上了丈夫，心无旁骛……他不在了反而好啊。”

阿辰的一番话，令宫子油然想起因战争而失去初恋情人时自己的少女情愫。

或许因为宫子成长于富裕家庭，所以她对金钱也不太在乎。对于当今的宫子来说，二十万日元虽是巨款，可失去的东西就是失去了，不去想也就过去了。宫子一家在战争中所失去的东西，与现在丢失的二十万日元截然不同。毋庸置疑，宫子无法挣到二十万日元。因为她有事才把钱从银行取出来，所以宫子顿感茫然。假设拾者上交，因为这是二十万日元，也许会登上报纸。包里也装有存折，一看就知道失主的姓名和地址，所以或许拾者会直接送到家里来，或许警察会发来领取通知。宫子也留意看了三四天报纸，她认为尾随她的男子也知道失主姓名和地址。仍会是那个男子偷走的吧？否则，就是那个男子拾起手提包，或者，即使他不拾包，也不会继续尾随过来吧？另外，是不是他被手提包击打后吓跑了呢？

宫子丢失手提包，是在银座让有田老人给买夏季白西服布料一周后的事。在这一周里，老人没来过宫子的住处。老人露面是在手提包事件的第二天晚上。

“哟，您回来啦。”阿辰兴高采烈地来迎接，随手接过淋湿了的洋伞说，“您是走过来的吗？”

“啊，变成了这种鬼天气。大概入梅了吧？”

“您还痛吗？幸子，幸子……”阿辰呼唤，“对了对了，我刚让幸子去洗澡了。”说罢，她就光着脚跳下来，脱掉老人的鞋子。

“假如浴室水烧好了，我也想暖暖身子呢。到处潮乎乎的，像今天这样，季节也乱套了，竟有些发冷……”

“不大好受吧？”阿辰皱了皱小眼睛上面的短眉毛，“我呀，做了件追悔莫及的事。着实没料到您回来，所以就先让幸子去洗澡了，这可怎么办呢！”

“没关系的。”

“幸子，幸子，马上出来。把表层的热水慢慢舀出来，都弄干净……那边也要好好冲冲……”

阿辰匆忙走过去，烧上开水，又打开烧洗澡水的煤气阀门，折回到了门厅。

有田老人就这么穿着雨衣，伸出脚来揉搓。

“待会儿让幸子在浴室给您按摩……”

“宫子呢？”

“哦，夫人说她看场新闻片就回来……那是座只放映新闻片的电影院，所以也该回来了。”

“能帮我叫个按摩师来吗？”

“好的。还是常喊的那个……”阿辰起身将老人的和服拿过来，“洗完澡后，就换上这个吧。幸子！”她又叫了一声。

“稍等，我再去叫她，马上就回来。”

“已经洗好了吧？”

“是的，已经……幸子！”

大概过了一小时，宫子一回来，就见有田老人正躺在二楼的床铺上让按摩女揉搓。

“挺痛的。”他小声说。

“冒着这烦心的雨出门哪。再洗把澡，会爽快的。”

“好的。”

宫子不由自主地倚靠着西服橱柜坐了下来。都一个礼拜没见到有田老人了，他现在脸色苍白，仿佛很疲惫，面颊啦，手上啦，生出的浅褐斑都十分醒目。

“我刚才去看新闻片来着。一看新闻片，我就充满活力。去的路上，又改变主意去洗头，不看新闻片了，可是美容院已经关门，所以……”宫子说着，瞅了瞅老人好像刚刚洗过的头。

“护发素好香啊。”

“幸子洒的香水太多，都冲鼻子啦。”

“听说她体味重。”

“嗯。”

宫子下楼去了洗澡间。她洗好了头，叫来幸子，让她用干毛巾替自己揉搓头发。

“幸子，你的脚长得多么可爱呀。”

双肘支膝的宫子伸出一只手，去触摸眼皮底下的幸子脚背。幸子直发抖，那颤抖一直传到了宫子裸露的肩膀。大概是传承了阿辰的根性吧，幸子好像手脚也不大干净，但她只拿宫子扔在废纸篓里的用旧的口红啦，缺齿的梳子啦，掉落的小发卡之类。宫子也明白，这是因为她憧憬、羡慕自己的美。

出了浴室，宫子在白地蓟花纹饰的单衣上披件短褂，就去给老人捏脚了。她暗想：如果自己真正进入了老人的家门，给老人捏脚便会成为每天的必修课吧。

“那个按摩师，手艺好吗？”

“太毛糙啦。还是到家里来的那位手艺精啊。一是熟悉了，二是揉搓之中含有诚意。”

“那个人也是女的吗？”

“是的。”

一想起老人家里所谓的保姆梅子也是每天必给老人按摩，宫子就心中生厌，手劲也松懈了。有田老人握住宫子的手指，对准了坐骨神经根源的穴位。宫子的手指绵软柔弱。

“像我这样细长的手指恐怕不行吧。”

“是吗……未必如此吧。饱含年轻女子爱情的手指可好哩！”

宫子背肌一阵哆嗦，手指脱离了穴位，又被老人抓住了。

"像幸子的那样，指头短的手难道不好吗？您让幸子稍微练习练习？"

老人默不作声。宫子蓦地想起了雷蒙·拉迪盖[1]《魔鬼附身》中的话语。她是看过电影之后读原著的，玛尔特说："我不希望你的一生遭到不幸。我哭了。可是我，对你来说实在太老了。""这句爱的语言，就像孩子似的那么珍贵。从今以后，即使我感到怎样的情热，也绝不会出现十九岁的姑娘说自己老了而哭泣，也不会出现这么纯情的心动吧！"玛尔特的恋人当时是十六岁。十九岁的玛尔特比二十五岁的宫子年轻多了。委身于老人而消耗青春的宫子，读到这段话后受到了异常的冲击。

有田老人一直说宫子比实际年龄年轻。这并非全是老人偏爱的目光，在任何人眼中，宫子都显得年轻。然而，有田老人说宫子年轻，是因为老人喜欢、羡慕宫子的年轻，宫子也感受到了这点。老人感到恐惧和悲哀的是，宫子的脸蛋儿失去了姑娘般的清纯，俊俏的身子已松垮下来。一想到年近七十的老人还希望二十五岁的情人更加年轻，宫子就觉得不可理解，似乎不正经，而她没想责备老人，有时竟顺着老人的意愿期望自己年轻。年近七十的老人切望宫子年轻，同时又渴望着从二十五岁的宫子身上得到母爱。宫子并不打算应

1 拉迪盖（Raymond Radiguet, 1903—1923），法国早熟的小说家与诗人，17岁时即写了富有远见卓识、文字优美的杰作《魔鬼附身》，该书今日依然是表现少年男子之爱的诗意与反常之处的独一无二的作品。1923年死于伤寒。

和老人的希求，但有时候却会产生身为母亲般的那种错觉。

宫子用拇指按压俯卧着的老人腰部，有点像要坐上去似的撑着胳膊。

“站在我腰上好吗？”老人说，“把那儿轻柔地踩踩。”

“我不……让幸子来踩怎么样？幸子是小个头，脚也小，挺合适的呀。”

“小毛头还是个孩子，会害羞的。”

“我也害羞啊。”宫子说着，想起了幸子只比玛尔特小两岁，比玛尔特的恋人还大一岁呢。这又怎么说呢？

“您赌输了，所以就不过来啦？”

“是那次打赌吗？”老人宛若老鳖一样晃动着脖子说，“不是因为打赌，是我神经痛。”

“是因为去府上的按摩师手艺好吧……”

“哼，说起来，倒也是那样吧。再说，我赌输了，枕不上你的胳膊……”

“可以枕嘛，我让您枕。”

宫子也深知：给有田老人捏完脚按过腰后，就仅剩让他把脸钻进自己的怀中了，这套程序是贴合老人年岁的取乐之道。繁忙的老人把在宫子家的这段时间称为“奴隶解放”的时间。这种言辞使宫子不由想到这段时间正是自己的奴隶时间。

“浴后只穿单衣会着凉的吧。好了，别按了。”老人翻过身来。正如宫子所料，他说要枕胳膊。宫子早已按摩得厌烦了。

“上次，那个戴蓝帽子的男子尾随你，你是什么心情？”

“舒服呗。这与帽子的颜色毫无关系啊。”宫子故意神灵活现地说。

“如若只是单纯的尾随，那帽子是什么颜色倒也无关紧要，可是……”

“前天也遇上了个怪怪的男子，一直尾随我到那边的药店那里，害得我把手提包弄丢了。真可怕啊。”

“什么？一个星期竟然有两个男人尾随你吗？”

宫子一边让有田老人枕在自己的胳膊上，一边点了点头。与阿辰不同，老人仿佛认为走路时掉落了手提包不足为奇。抑或他对宫子被男子尾随太过震惊，而无闲情思量有什么怪异。老人的震惊给予了宫子些许快感，为此，她放开了身子。老人把脸靠着她的胸怀，两手托起那温暖的隆起之物贴在太阳穴上。

“这是我的。”

“是的。”

宫子像对孩子那样答道，一动不动。在老人满头白发的上面，她眼泪夺眶而出。她关上了灯。也许那男子拾起了手提包。那男子决心尾随宫子那一瞬间哭也似的面容，在黑暗中浮现出来。

“啊！”那像是男子的惊叫声虽然当时没有听到，可对宫子而言，她却听到了。

就在擦肩而过、男子刚刚止步回头的一刹那，他被宫子秀发的光泽、耳朵和后脖颈肌肤的颜色诱发出了扎心似的悲哀——

“啊！”一声叫喊，便头晕眼花得似要跌倒，这情形宫子即使不看也看到了。就在听到听不见的叫声，宫子蓦然回首瞥见男子哭丧着脸的瞬间，那个男子就决意尾随过来了。那个男子似乎感知到了悲哀，但丧失了自我。宫子当然不可能丧失自我，可她不由感到，从男子身上脱壳而出的阴影仿佛向自己的身心中悄然袭来。

宫子当初仅是蓦然回首，尔后再没回头察看，所以没记住男子的容貌。如今一片黑暗，眼前仅仅浮现出男子模糊不清的脸上，那哭也似的乖僻神情。

“魔力啊！”有田老人稍后嘟哝了一句。宫子泪流不止，没有应答。

“真是个有魔力的女人哪。那么多形形色色的男子尾随过来，你自己就不害怕？看不见的魔怪就寓在其中。”

“痛啊！”宫子缩起胸来。

宫了想起了豆蔻年华时乳房不时作痛的情形。她仿佛看到了那时的自己纯洁无瑕的裸体像。虽说自己显得比实际年龄年轻，可现在已成为十足的女人之身了。

“您都尽说些为难人的话呀。所以您才神经痛的。”

宫子也说了毫无道理的话反唇相讥。一个纯真的姑娘蜕变成了心术不正的女人，宫子认为这是伴随身体变化而形成的。

“哪点为难人？”有田老人一本正经地说，“让男人尾随，有趣吗？”

“没趣。”

“你不是说心里舒服吗？跟我这样的老人相处，是积怨成恨要报仇吧。”

“报什么仇呀？”

“是啊，是对你的人生，或是对自己的不走运吧。”

“无论是心情舒畅，还是对生活感到乏味，都不是那么简单的呀。”

“是不简单哪。报复人生，那可不是简单的事。”

“如果是那样的话，您与我这样的年轻女子相处，是在对人生报仇吗？”

“嗯？”老人顿时卡住了，随后接着说：“谈不上报仇。如果硬要说是报仇，那我是被报仇的一方，也许正遭到报仇呢。”

宫子没有仔细听他说什么。她在考虑：既然已经说出了手提包丢失的事，那就干脆挑明包里装有巨款，试着请有田老人给予补偿吧。即便如此，这二十万日元也太多了。那跟他说丢了多少钱呢？虽说都是向老人要的钱，但这是宫子名下的储蓄，可任由自己随便使用，如果说这是为了让弟弟上大学准备的资金，向老人张口求助倒是比较容易的。

自宫子年幼就有人说，她与弟弟启助相互男女对调就好了。然而，自从被有田老人包养为外室后，或许她因失去希望而变得懒惰、胆小了。即使在那本书中读过“若考究容貌乃妾者，正妻当不拘礼仪”这句老话，宫子仍然感到一种暗无天日般的悲哀。她甚至连美貌的骄傲都失去了。被男子在后面尾随的时候，也许那种骄傲会激发出来。然而，男子尾随过来并非全因美貌，宫子自身也明白这一点。或许正如有田老人所言，那是自身散发着魔力。

“然而，这可危险哪。”老人说道，“有种游戏叫作躲猫猫，开始后每每被男子跟在后面，这不成躲恶魔了吗？”

“也许是那样的。”宫子坦诚答道，“人世中，与众人相异的群体叫作魔族，也许有另外称为魔界的地方呢。”

“你意识到这些啦？真是个可怕的人呀。会受伤害的哟，不会善终的呀。”

“我们家里可能就有这种情况吧。我弟弟老实得像个女孩子，他竟然还写什么遗书来着。”

“为什么……”

“不是什么大不了的事。弟弟想与他的好朋友报考同一所大学，偏偏自己不能如愿……就是今年春天的事啊。那个叫水野的朋友不但家境好，而且头脑也聪明。他跟我弟弟讲：入学考试的时候，如果他会，就告诉弟弟，就是写两份答卷都可以。弟弟也不是成绩差的人，可他生性怯懦，害怕进入考场后会引发脑贫血，结果真的发生了脑贫血。即使参加了考试，也入学无望，所以他更加胆怯啦。”

“这事你以前没提过吧？”

“即使讲给您听，也无济于事呀。”宫子稍作停顿，接着说：“水野这孩子成绩好，没问题。可家母为了让我弟弟入学已经花了不少钱哦。为了庆贺弟弟入学，我也在上野请他们吃饭，随后去了动物园那边观赏夜樱。那次一起去的有弟弟、水野和水野的恋人……”

“哎？”

“说是恋人，也才十五哟，是周岁……在看夜樱的动物园那里，我，被男子尾随了。他明明带着夫人和孩子，却偏偏抛开妻儿，尾随我过来啦。”

有田老人好像非常震惊，说道：

“怎么做出这种事情？”

“您是说我……我只是羡慕水野和恋人他们俩，感到有些悲哀呀。那与我无关啊。”

“不，与你有关。你不是乐于这样吗？”

“放狠话了不是？我哪还有什么快乐啊。丢失手提包那会儿，我感到害怕，就用手提包打那个男的。也许是砸过去的。当时头脑蒙蒙的，所以记不太清楚。手提包里装有钱，对我来说那可是笔巨款。母亲向父亲的朋友借了让弟弟入学的钱，愁死人啦。我想给母亲些钱，就从银行取了出来，在回家的路上便出事了。”

“装了多少钱？”

“十万日元。”宫子不假思索地说出了一半，愕然倒吸一口凉气。

“哼，那可是笔巨款呢。应该被那男子拿走了……”

宫子在黑暗中点了点头。宫子的肩膀哆哆嗦嗦，心脏怦怦直跳，这些都让老人感触到了。然而，宫子对自己只说出一半金额尤感屈辱。那是掺杂着莫名恐惧似的屈辱。老人的手温柔地爱抚着宫子。宫子一想到仅能给予半额补偿，泪水又夺眶而出了。

“不必哭了。不过，反复出现那种事，如今就出大纰漏了吧。被男子尾随的事，你所说的，不全都是前后矛盾的吗？”有田老人沉稳地责备道。

老人在宫子的胳膊上睡着了。可是，宫子却没能入睡。梅雨下个不停。仅听着鼾声，好像猜不出有田老人的岁数。宫子抽出了胳膊。与此同时，她用另一只手轻轻托起了老人的头，但他没醒。这个讨厌女人的老人在女人身旁，倒不如说是借助女人方才安然入睡。若用老人刚才的话来说，宫子觉得十分矛盾，由此感到自己变得可恶了。有田老人讨厌女人的习性，宫子也在不言不语之中深刻领悟到了。老人还在三十多岁时，妻子因嫉妒而自杀，此后他便对女人的嫉妒惧之入骨，哪怕女人流露出一点嫉妒的举止，他似乎就会迅速逃避于千里之外。宫子无论是出于自尊心，还是出于自暴自弃，都不存心在有田老人面前做出嫉妒的举动，但女人毕竟是女人，所以一旦失言说出带有嫉妒性的话来，老人就露出厌烦的神色，那个宫子的嫉妒也就完全冻结了。她感到索寞。

然而，老人讨厌女人，似乎不光因为女人的嫉妒，也不源于他自己业已老朽。在生性讨厌女人的人眼中，女人有什么值得嫉妒的事呢？宫子对此只是报以一声冷笑，可是一考虑有田老人和自己的年纪，就觉得老人所说的讨厌或喜欢女人，都是可笑的。

宫子非常羡慕地回想起了弟弟的朋友和他的恋人。宫子也曾从启助那里听说，水野有个叫町枝的恋人，但宫子首次见到町枝，却是在庆贺弟弟他们入学的那天。

“世上真的没有那么清纯的少女呀。”启助此前曾谈过町枝的事。

“十五岁就有恋人，不是有些早熟吗？不过，话又说回来，虽然是十五岁，可虚岁也十七啦。现在的女孩子，十五岁谈情说爱，也是有好处的吧。”宫子又改口似的说道：“但是，阿启，女人真正的清纯，你明白吗？仅是见上一面，是不会弄明白的呀。”

“我是明白的。”

“什么是女人的清纯？你说说看。”

“这种事说也说不清呀。”

“阿启那样认为，也就那样吧。”

“姐姐，你可是一眼就能看透她哟。”

“女人心术不正啊，不像阿启你那样温存……”大概因为启助记住了这句话吧，宫子在母亲家第一次见到町枝时，比起水野来，反而是启助面红耳赤，神情紧张。宫子当然不便请弟弟的朋友到自己家里来，所以就定下了在母亲家会合。

“阿启，姐姐也觉得那姑娘不错。”宫子在里面一边让启助穿上崭新的大学校服，一边说道。

“是呀，哟，袜子落下啦。”说罢，启助坐了下来。宫子也铺开藏青色百褶裙，坐在了他面前。

“姐姐也祝福水野吧。我对他说把町枝也带来。”

“嗯，祝福他哟。”

难道启助也喜欢上町枝啦？宫子怜悯起感情脆弱的弟弟。

“听说水野的家里激烈反对哟，为此还给町枝家写了封信……据说信中的言辞简慢无理，町枝家好像也是怒火中烧。今天，町枝是瞒着家里过来的。”启助兴致勃勃地说道。

町枝身着学生气十足的水兵服。说是庆贺启助入学，她带来了一小束香豌豆花[1]。花儿插在了启助桌子上的玻璃花瓶中。

他们打算去观赏上野[2]的夜樱，宫子便邀他们去了中华菜馆，但公园里人满为患，干什么都不成。樱花树也疲疲沓沓，花枝萎靡不振。即便如此，凭借电灯的光亮，花色仍颇浓，可见点点桃红。大概町枝生性寡言少语，也许是顾忌着宫了，几乎不大张口，只说了自己家的院子里，修剪过的杜鹃花上

1 原产意大利，花朵美丽芳香，是世界各地广泛栽培的观赏植物。花径可达5厘米，有白色、粉红色、红色、堇色或紫色。

2 上野公园是东京的赏樱胜地，后文提及的清水堂、博物馆（东京国立博物馆）、东照宫等均为公园内著名景点。

面落满了樱花花瓣，早上起来一看，漂亮极了。此外，她还说在来启助家的路上，护城河旁路边的樱花丛中，浮现出了宛如半生不熟的蛋黄似的日头来，等等。

这里位于清水堂的旁边，行人少，宫子一边走下昏暗的石阶，一边对町枝说：

“记得在我三四岁的时候吧……折了不少纸鹤，并和母亲一起来这堂前把它挂起来，祈祷父亲的病快好。”

町枝一声不吭，在和宫子一起走下石阶的中途，她停下来观望了清水堂。

尽头是博物馆正门的大道上人山人海，根本走不动，他们朝动物园方向拐去。东照宫参道的两侧燃有篝火，所以他们走上了石板路。排列在参道上的石灯笼，在篝火的映照下成了黑影，那上面连接着成排的樱花。灯笼后边的空地上，赏花客围成了好几个圆圈坐下来，各个圆圈当中分别点燃了蜡烛，他们尽情饮酒作乐。

每当醉汉东倒西歪地走过来，水野便成了盾牌，在后边庇护着町枝。启助同他俩稍微拉开距离，像守护二人似的站在醉汉和他俩之间。宫子则抓着启助的肩膀，一边躲闪着醉汉，一边思忖：启助能有如此勇气吗？

受篝火的光亮映照，町枝的面容更加美丽地浮现出来。她端庄地抿着嘴，双颊呈现出圣少女般的颜色。

“姐姐！”町枝喊道，突然像吸附在宫子后背似的躲藏起来。

“怎么啦？”

“是学校的朋友……和爸爸在一起呀。就住在我家旁边。”

“町枝也需躲藏吗？”宫子说着，和町枝一起转回头，不自主地牵过町枝的手。那只手没有松开，就这样向前走着。就在触摸到町枝手的一刹那，宫子几乎“啊”地叫出声来。虽然都是女性，但那是多么神清气爽啊！不仅仅那手的触感格外滑润，而且少女的美丽也直沁宫子的心胸，宫子只说了句：

“町枝，你好像很幸福吧？”

町枝摇摇头。

“那，是怎么回事？”宫子似乎甚为吃惊，盯视着町枝的脸。町枝的双眼映着篝火，光闪闪的。

“连你也有不幸福的事？”

町枝沉默不语。她松开了手。宫子暗忖，有好几年没牵着同是女性的手行走了。

宫子因为时而同水野碰面，所以那天晚上她的目光只落在了町枝身上。望着町枝，宫子油然感到了想独自奔向远方不复返似的愁苦。即使在街上与町枝擦身而过，也许自己也会转回头盯望着她的背影。男人尾随宫子，就是出于这种情感太炽烈了吧。

宫子被厨房里瓷器掉落或倾倒的声音惊得回过神来。今天夜里老鼠又出来了。是否起来到厨房看看呢，宫子犹豫不决。好像老鼠不止一只。也许多达三只。想到老鼠的身子淋着梅雨，宫子就伸手抚摸刚洗过的头发，稍微驱除一下头发的湿冷。

有田老人好像憋得难受，在扭动着身子，而且扭动得非常厉害。又犯病啦？宫子眉头紧蹙，挨远了身子。老人总好梦魇。宫子已习以为常了。老人像被人勒住脖子似的剧烈抖动双肩，好像要用胳膊甩开什么，一下子狠狠地打在了宫子的脖子上。他的呻吟声连续不断，只要把他晃醒就好了，但宫子却一动不动，身子坚如磐石，多少冒出了残忍的心态。

“啊！啊！”老人一边叫喊一边划动着手，在梦中搜寻着宫子的身子。时常只要紧紧搂住宫子，他就会仍然闭着眼睛沉静下来。然而，今天夜里他却因自己的惨叫而醒来了。

“啊！”老人摇晃着头，瘫软地依偎着宫子。宫子温柔地松弛了身子。若一如既往，宫子当说：“您梦魇啦。做了可怕的梦吗？”可这次她连这句话也没讲。然而，老人却不安地问道：

“我没说什么吧？”

“您没说什么啊。只是梦魇啦。”

“是吗？你，一直没有睡吗？”

“是没睡。”

“是吗？谢谢你。”

老人拽过宫子的胳膊，掖在脖子下面。

“遇上梅雨天更糟糕。你睡不着，也是因为这梅雨呀。”老人不好意思地说，“我觉得是我发出那么大的声音，把你吵醒了呢。”

“即使躺下来，不也总是睡不着吗？”

有田老人的叫喊声，都把睡在楼下的幸子吵醒了。

“妈妈，妈妈，我怕！”幸子害怕，抱住阿辰不放。阿辰抓住女儿肩膀，一边推开一边说：

“怕什么呢？不就是老爷吗？感到害怕的是老爷哟。有那毛病，老爷一个人睡不成觉呀。旅行时也带着夫人去，不是珍重着吗？如果没那毛病，也就不讲女人的年岁啦。他只是做个噩梦，一点也不可怕。”

坡道上有六七个孩童在玩耍，女孩子也掺杂其中。恐怕他们都是学龄前儿童，也许是幼稚园放学回家的。他们当中有两三个拿着短棍，没有棍的则装作拿着，大家都弯着腰，一边做出手拄拐杖的动作，一边唱着：

“老爷爷，老奶奶，直不起腰来……老爷爷，老奶奶，直不起腰来……”他们步履蹒跚地行走着。歌词仅有这些，他们就不断地反复念唱这些歌词，乐趣在哪里呢？与其说是玩耍，倒不如说是他们有种认真劲，痴迷于自己的表演。他们的动作幅度逐渐变大，劲头也越来越猛。一个女孩子因摇晃过度而倒下了。

“哎哟，好疼，好疼！”那个小女孩用老太太的动作揉揉腰，一爬起来，又加入了“老爷爷，老奶奶，直不起腰来……”的合唱中。

坡道上面，尽头是高高的土堤，土堤上面嫩草萌发，散见一些不规则生长的松树。松树没多高，可枝丫的姿态犹如往昔隔扇或屏风上描绘的松树一般，浮现在春日的暮空中。

孩子们朝着那暮空的方向，步履蹒跚地在坡道中央往上爬。尽管他们东倒西歪的，却极少有吓着孩子的汽车通过，这是条行人罕至的道路。东京的宅邸区也有这种地方。

此时，有一位少女也牵着小柴犬从坡道下面只身登上来。不，还有一人，桃井银平在尾随着那位少女。然而，银平已沉溺于少女而丧失了自我，能不能将他算作一人还是个疑问。

少女行走在道路单侧的成排银杏树的叶荫中。这儿的街树只在单侧有。步行道也只在有街树的一侧。对面那侧，过了柏油路陡然就是堵矗立的石墙。这座宅院很大，石墙从坡道下面一直连绵到上面。有街树的那边，战前是院子深、占地广的贵族的宅邸。步行道旁边有道砌有石崖的深沟。也许那是模仿护城河的缩小版造型。深沟对面有个缓缓隆起的土包，那里种满了小松树。那些小松树也保留着以前精心修剪过的余韵。小松树丛的上方，可见一堵白墙。墙不高，顶部铺着瓦。那排银杏树高耸挺拔，刚吐芽的小碎叶并不繁茂，只能遮掩住枝梢，因尚稀疏，所以据其高度和朝向不同，浓淡有致地透过夕阳光，少女身上尽显嫩绿。

少女身着白色毛衣，下穿粗布棉裤。磨蹭旧的灰色裤脚折卷起来，衬里的红格子尤为鲜艳。这条卷短的裤子与帆布运动鞋之间，露出少女白皙的脚踝。她随意扎了一把的秀发松散地低垂下来，从耳朵至脖子的肌肤雪白，十分艳美。因为小狗拉着绳子，所以她的肩膀倾斜着。银平被这位少女出奇的气色吸引住而不能自拔。仅是卷起的红格子裤脚和帆布鞋之间露出的少女肌肤的颜色，就令银平心中冒出想自杀般的或者想杀死少女般的哀愁。

银平想起了昔日故乡的弥生，想起了过去的学生玉木久子，如今感到她们与这位少女存有天壤之别。弥生虽然白皙，但肌肤毫无光泽。久子的肌肤微黑而光亮，但色泽沉郁。她们都没有这位少女的那种天堂里的气韵。而且，与和弥生一起玩耍时的少年银平相比，与和久子走近时的老师银平相比，现在的银平正失魂落魄，心灰意冷。尽管时值阳春黄昏，银平却如身处寒风之中，疲衰的眼睑似乎沁出泪水，爬个区区上坡就气喘吁吁了。膝盖下面沉如铅坠，他没能赶上少女。银平还没有看到少女的脸蛋儿，他暗忖：起码要爬到坡上，与少女并肩而行，试着聊聊小狗什么的，这机会只在此时，而且这机会就在此地，如此机遇来得似乎令人难以置信。

银平伸展开右手掌甩了甩。这是他一边行走一边叱责自己时的旧习，源于他手握着尚有余温的死老鼠那种触感复苏了，当时那老鼠瞪着眼，口中流着鲜血。位于湖畔的弥生家有只小猎犬，它在厨房逮了只老鼠。小狗衔着老鼠像是不知如何处置，就那么茫然地站着，弥生的妈妈对它细声说了几句，拍拍它的头，它就顺从地松口了。然而老鼠一落到地板上，小狗又要扑上去。弥生便抱起活蹦乱跳的小狗，说道：

“好了，好了。真能干呀，真能干呀。”弥生安抚着小狗。

接着，她命令银平："阿银，把那只老鼠弄一边去。"

银平慌忙捡起老鼠，可老鼠嘴里的一滴鲜血落在地板上。老鼠身上的温热令人恶心。虽说一直瞪着，但这鼠眼着实可爱。

"快把它扔了。"

"扔到哪里……"

"扔到湖里就是喽。"

银平在湖岸上提着老鼠的尾巴，用尽全力扔向远方，黑夜里，苍凉地响起了"砰"的一声。银平撒腿逃也似的跑了回去。弥生不就是妈妈的哥哥的孩子吗？银平感到万分憋屈。银平那时十二三岁。他做了被老鼠威胁的梦。

逮过一次老鼠的小狗，像记住一项新任务似的，每天都到厨房去搜寻。只要有人对小狗说些什么，它就好像统统听作老鼠的事，飞身奔向厨房。看不到老鼠踪影，它肯定会待在厨房的一角等候。然而，它当然不能像猫那样捕鼠。它仰望着老鼠从橱柜爬向柱子，就发疯似的狂吠。它只顾疲于捕鼠，好像患上了神经衰弱症。银平对这变态似的小狗也感到憎恶。他从弥生的针线盒里偷出穿着红线的缝针，想找机会扎透小狗薄薄的耳朵。最好的时机应是离开这个家的时候吧。自己走后小狗会乱叫，若看到狗耳朵上挂着穿过缝针的红线，也许会怀疑是弥生做的手脚。然而银平将针往狗耳朵上刚一扎，它就惨叫着逃脱掉，没能做成。银平把那根针藏在衣袋中，返回自己家去了。他在纸上画了弥生和小狗的图像，用那根红线缝上几针，放进了桌子的抽屉里。

一思忖想与牵着狗的少女聊聊小狗的话题，那只捕鼠的小狗便在头脑中冒了出来。对于讨厌狗的银平来说，确实没有关于狗的好话题。他觉得少女牵着的小狗似乎也会去咬靠近的陌生人。不过，银平追赶不上少女当然与狗毫不相干。

少女边走边弯下腰，从狗的脖套上松开了绳索。获得自由的小狗向少女的前方飞奔而去，然后又掉头折返回来，这次它从少女身旁跑过，飞奔到银平的脚前。它在嗅银平鞋子的气味。

“哇！”银平叫喊着跳了起来。

“阿福，阿福！”少女呼唤着小狗。

“哇——快弄走它！”

“阿福！阿福！”

银平面无血色。小狗回到了少女身边。

“啊，真可怕！”银平晃晃悠悠蹲下身来。这个动作虽然是为了吸引少女注意的夸张表现，但银平确确实实是头晕眼花而闭上了眼睛。他惊悸不已，恶心欲呕。他捂着额头眯缝着眼睛，只见少女牵着狗绳，头也不回地正在爬坡。银平感觉到了难以忍受的屈辱，他认为那只小狗之所以跑来闻自己鞋子的气味，肯定知道自己的脚长得难看。

“畜生！那只狗的耳朵也该给缝起来。”银平嘟哝着，跑上了坡道。然而，愤怒的力量在追赶上少女前便丧失殆尽了。

“小姐。”银平以沙哑的声音喊道。

少女仅转动脖子回过头来时，扎起来的垂发摇曳生姿，那后颈之美，令银平苍白的脸上充满激情。

“小姐，这真是只可爱的狗哩。什么品种？”

“就是只土狗。”

“哪里的土狗？”

“甲州的。”

“是小姐的狗吗？是不是每天定时出来遛狗？”

“嗯。”

“总在这坡道上散步吗？”

少女没做回答，但丝毫没显出觉得银平可疑。银平回首瞭望了坡下一带。少女的家是哪座呢？平和幸福之家似乎掩映在嫩叶之中。

“这狗逮老鼠吗？”

少女笑都没笑。

“当然是猫逮老鼠啦。狗是不逮老鼠的。然而，也有逮老鼠的狗哟。以前我家的狗逮老鼠可在行啦！”

少女看都没看银平一眼。

“因为狗毕竟与猫不同，它就是逮住老鼠也不会吃的。我那时还是个小孩子，去扔掉那只老鼠时，可讨厌死啦！”

银平思考着连自己都讨厌的话题，眼前浮现出了口滴鲜血的死老鼠，还有那隐约可见的紧咬着的白牙。

“那品种是日本小猎犬哪，是哆哆嗦嗦甩动着细细八字腿的家伙，我特讨厌。不管是狗还是人，都有各种类型的吧。

如此看来，和小姐一起散步的狗倒挺幸福啊！”说罢，银平也许连刚才的恐惧都忘了，竟弯腰想抚摸那狗的脊背。少女迅速把狗绳从右手换到左手，使狗从银平手下躲开了。银平眼看着那狗溜了过去，好不容易控制住了要抱住少女脚的冲动。少女肯定每天傍晚牵着狗，来到成排的银杏树荫下爬这条坡道。银平忽而冒出事先藏在土堤上窥视少女的念头，但思量后放弃了这种粗野行为。银平如释重负。他有一种新鲜感，宛如裸身躺在嫩草上那样。少女永远朝着土堤上的银平这个方向，来爬这个坡道。这多么幸福啊！

“真是打扰你啦。这小狗这么可爱，我又特喜欢狗……但是，我可讨厌逮老鼠的狗呢。”

少女毫无反应。坡道的尽头是土堤，少女与狗爬上了土堤上的嫩草地。从土堤对面走来了一位男学生。少女率先伸出手牵住了学生的手，银平惊愕得目瞪口呆。那少女难道是托故遛狗来幽会的吗？

银平发觉少女的那双黑眸因受到爱的滋润而闪闪发光。他因受到突然震惊而头脑发木，感觉少女的眼睛犹如黑色的湖泊。多么想在那双清澈的眼睛中游泳，多么想在那黑色的湖泊中裸泳，银平感到了这种奇妙的憧憬和绝望一起涌来。银平垂头丧气地走过去，接着登上了土堤，随即躺卧在嫩草上望着天空。

那位学生是宫子弟弟的朋友水野，少女是町枝。宫子在庆贺弟弟和水野升学的聚会上也邀来町枝，一并去上野观赏了夜樱。那是十天前的事。

水野也觉得町枝那双水汪汪、光闪闪的黑眼珠特别美。那乌黑的双眸宛若占满了整个眼球，水野像被吸引住了似的看得心荡神驰。

“我呀，想看你早上那啪叽一下睁开的眼睛。”水野说，“那个时候，是什么样的美好眼睛呢？”

“肯定是惺忪的眼睛啊。”

“不会那样吧。”水野不信，“我啪的一下睁开眼睛的时候，就想一眼看到町枝。”

町枝点了点头。

“至今为止，在我醒来以后两个小时以内，都能在学校见到町枝。”

“你说醒来两个小时以内，这是老话题啦。自那以后，我也想在起床后两个小时以内啊。”

“所以说，那不是睡眼惺忪哟。”

“我也不知道是个什么样啊。”

“日本这个国家真好，能有双眸这么乌黑的人。”

那乌黑的双眸也提美了眉毛和嘴唇。仿佛头发也与眸子的颜色交相辉映，锦上添花。

“你是说去遛狗，从家里出来的？”水野问道。

“我没说，但我牵着狗，看架势也会明白的吧。”

“在你家附近见面，有些冒险啊。”

“向家里人说谎话我会难受的。如果没有小狗，我就不能出来了；即使出来了，回去时表情也肯定不对头，会马上败露的。不过，你家比我家好像更不容许我们在一起吧？”

“别说那些了。我们俩都是从家里出来，再回到家里去，在这里谈家里的事，没意思呀。你是遛狗出来的，所以不能在外逗留太久吧？”

町枝点点头。二人在嫩草上坐了下来。水野把町枝的狗抱在了膝头上。

“阿福也认识你哪。”

“如果狗也会说话，回到家后它一道出实情，明天起我们就不能见面啦。”

“即使见不成面，我也愿等待着。我无论如何也要考到你的大学去。那样的话，不又成起床以后两小时之内见面了吗？”

“两小时以内……”水野嘟囔一句。

“力争不必等上两个小时，肯定会的。”

“我妈妈说过早恋爱靠不住，可我觉得早些恋爱很幸福哩。我在很小很小的时候，就想同你相会呀。中学时代也好，小学时代也好，就是不论多小的时候，我认为都会喜欢上你的。我从幼儿那时起，就被人背上这条坡道，在这块土地上玩耍哟。水野，你小时候没爬过这条坡道吗？”

“好像没爬过吧。”

“是吗？我常想，说不定我婴儿时在这条坡道上遇到过水野呢。因此，才这么喜欢上他了……”

“要是小时候曾路过这里就太好啦。”

“都说我小时候可爱，在这条坡道上，常被不熟识的人抱抱呢！那时的眼睛比现在还大还圆。”町枝这时将乌黑的大眼对着水野，继续说：

“最近大概是各所初级中学举办毕业典礼的时段吧。下了坡道往右走是护城河，那里有租借小船的码头。我牵着狗路过那里时，见今年跨出初中校门似的少男少女，将毕业证书卷成圆筒拿在手里，乘着小船。我想他们是作为分别留念而划船的，可羡慕死啦。还有的女生拿着毕业证书，倚靠在桥的栏杆上，望着同学划船。我初中毕业的时候还不认识水野呢。你与其他女生一起游玩过吧？”

“我可没与女生一起游玩过。”

“是吗……”町枝浮现出疑惑的神情。

“在天气变暖但尚未有小船出租的这段时间，护城河仍有浮冰，还有很多野鸭。我记得那时还思忖：有的野鸭待在冰上，有的浮在水面，哪种野鸭会感觉冷呢？因为有人狩猎野鸭，所以它们白天逃向这里，据说到了黄昏，就都返回乡下的山里或湖里去了……”

“是吗？”

“我还看过‘五一’节的红旗在对面电车道上招展呢。那时银杏街树正是嫩叶吐翠吧，其间杆杆红旗穿行过去，我只觉得太好看啦！”

他们二人所在地的下面，护城河已被填平，变成了傍晚至夜间的高尔夫练习场。对面的电车道上，种有成排的银杏树，刚萌嫩叶的下面，黑色的树干尤为醒目。树上方的暮空笼罩着桃红色的烟霭。町枝抚摸着水野膝上小狗的脑袋，水野将町枝的手夹包在两个手掌中间。

“我在这里等你的时候，仿佛听到了手风琴的低沉声音。我闭上眼睛躺了下来。”

“什么曲子……”

“是……好像是《君之代》[1]……”

“《君之代》吗？”町枝感到震惊，向水野靠了过来，“你说是《君之代》，你不是没参过军吗？”

“因为我每晚都听广播到很晚，所以听过《君之代》。”

“我每晚都说：水野，晚安！”

町枝没提起路遇银平的事。町枝也没感觉到那是个可疑的男子有意来搭讪。她已经把那档事忘掉了。银平在嫩草上躺着，町枝若要朝这边看是能看到他的，可就算看到了，也不会意识到那是刚才的男子吧。而银平呢，他无法忍住不看那对情侣。土堤的凉气直沁银平的脊背而来。这季节处在脱去棉外套穿上春秋外套的过渡期吧，可银平没穿外套。银平翻了个身，将身子朝向町枝他们那边。对银平而言，与其说是羡慕二人的幸福，倒不如说激起了他的诅咒。他闭上了眼睛，少顷，浮现出了他俩搭载燃烧的火焰，摇摇晃晃在水上

1 日本国歌。在法制上指明治二十六年（1893）文部省制定的节日大祭日上所唱的歌。歌词为《古今和歌集》的一首，宫内省的林广守作曲。

漂流的幻影。银平认为这是他们二人的幸福不能持续的证据。

“阿银，姑姑好漂亮呀。”弥生的话音在银平耳畔响起。银平和弥生一起漫步湖畔，在盛开的山樱树下并肩而坐。花影倒映水中，小鸟啼鸣阵阵。

“我喜欢姑姑说话时露出的牙齿。”

那么漂亮的人儿，为什么嫁给了银平父亲这般丑陋的男人呢？也许弥生感到可疑吧。

“我爸爸和姑姑是仅有的兄妹吧。我爸爸说，阿银的父亲也去世了，姑姑带着阿银，返回我家住好啦。”

“我不！”银平说罢，涨红了脸。

他是认为这样会失去母亲而不愿意呢，还是羞于享受与弥生同住一个屋檐下的喜悦呢？抑或二者兼具。

那个时候，银平家中除了母亲，还有爷爷奶奶，而且大姑也回家住了。父亲在银平虚岁十一的时候，死在了湖里。因头部有伤，所以传说他是被人杀害后抛到湖里去的。因为他喝了好多水，所以便成了溺水身亡。但也有人怀疑他是在岸上与人争执，被推落到湖里的。弥生家觉得，银平的父亲大可不必专门跑到妻子娘家的村子来自杀吧。银平对如今还受到一些恶意中伤而感到十分窝心。十一岁的银平下定决心，假如父亲是被人害死的，那么找不到那个仇敌就决不罢休！他一到母亲娘家的村子，就到父亲遗体浮上来的那一带，藏身于胡枝子的密丛中，监视过往行人。他揣摩，杀害父亲的人不会心平气和地路过这里吧。有一次，一个牵着牛的男子走过来，到了那里牛一阵乱闹，银平发蒙了。胡枝子也曾开出了白花。银平摘下那些花带回家，夹在书本中做成干花瓣，发誓为父报仇。

“要说我妈妈，她也是不愿回娘家的。”银平强调说，“因为爸爸是在这个村子被害的呀。”

弥生见银平脸色铁青，十分震惊。

村人传说在湖的岸边出现了银平父亲的幽灵，弥生尚未对银平讲过这些。传说有人一走过银平父亲被害地点附近的岸边，脚步声就会从后边跟随而来。即使回头看也看不到人影。还说要是赶快逃跑，因幽灵的脚步不能奔跑，便会随着人的奔跑而渐行渐远。

小鸟的鸣啭声从山樱的树梢传向下面的枝丫，弥生甚至由此也联想到幽灵的脚步声，她说：

“阿银，回去吧。花儿映在湖里，总觉得可怕啊。”

“别怕！”

“阿银，那是因为你没仔细看呀。”

“不是很漂亮吗？”

弥生站起身来，银平一把将她的手拽了回来。弥生倒在了银平身上。

“阿银！”弥生叫了一声，提起和服的下摆逃走了。银平追了过去。弥生喘不过气来，站住了。她猛地抱住了银平的肩膀。

“阿银，你和姑姑一起到我家来吧。”

“不！”银平说着，紧紧抱住了弥生的胸膛。即刻，眼泪从银平眼中流淌出来。弥生以模模糊糊的双眸凝视着银平。少顷，弥生说道：

“姑姑对我爸爸说：如果住到那种家里，我也会死的。我亲耳听到的啊。”

银平和弥生相拥相抱，仅此一次。

弥生的家，即银平母亲的娘家，从前就作为湖畔名门而闻名遐迩。母亲下嫁到家境相当悬殊的银平家，是不是母亲身上有什么缘由呢？银平心中生疑，是在父亲去世几年后的事了。那个时候，母亲已经与银平分别，回到了娘家。银平在去东京辛苦求学时，母亲在娘家患肺病去世，从母亲那儿得到的微薄资助也断绝了。银平的家中，爷爷也去世了，剩下了奶奶和姑姑。听说姑姑领养了一个女孩，是私生女，可银平长年没回老家，所以也不知道那姑娘有没有出嫁。

银平不由感到，尾随町枝来到嫩草上躺着的自己，与在弥生村子湖岸潜入胡枝子密丛中的自己相比，似乎也没有什么变化。相同的悲哀贯穿银平全身。然而，为父报仇之类的事，已经不再萦绕在心头了。即使杀害父亲的人还活着，如今也已老态龙钟。倘若那丑陋的老爷子找上门来忏悔杀人的罪恶，银平会如释重负而神清气爽吗？会像在那里幽会的情侣般青春再现吗？此时的银平，心头只是清晰地浮现出弥生的村边湖面上倒映着的山樱花簇。那湖水宛若硕大无比的明镜，没有一丝波纹。银平闭上眼睛，回想起了母亲的容貌。

这会儿，少女好像牵着狗下了坡道，银平睁开眼时，那位学生正站在土堤上目送着她。银平也慌忙站起身来，目送走下坡道的少女。映在成排的银杏树叶上的夕照变得浓厚了。尽管路上没有行人，但少女仍没回头。走在前面的小狗急于回家，拽直了狗绳。少女的轻快碎步真好看。银平一边吹着口哨，一边寻思着肯定明天傍晚少女还会来爬这坡道。他向水野站着的那边走去。尽管水野意识到他并瞧了瞧，但他依旧吹着口哨。

“你真快乐哟!”银平对水野说。水野转过头去，不予搭理。

“我在跟你说话呢，你真快乐哟!”

水野双眉紧蹙，看着银平。

“嘀，别摆出一副厌烦的表情，坐这儿聊聊吧。我这人呀，若看到别人幸福，就特别羡慕那种幸福。仅此而已。”

水野正要转过身子离他而去，银平立即说：

“别溜走哟。我们不是在谈话吗?”

水野回过身对他说:“我不是溜走。是我与你无话可说。”

“你错把我当成敲诈者了？坐下聊聊嘛。”

水野伫立不动。

“我认为你的恋人很俊美。这不可以吗?她确实是个俊美的姑娘。你很幸福。”

“那又怎么啦?”

“我想同幸福的人聊聊。确实，那姑娘太俊美了，我是尾随过来的哟。发现她是来与你幽会的，令我十分震惊哩。”

水野也十分震惊，他望着银平，想转身走开——

“喂，聊聊吧。”银平从后面伸手搭在水野的肩膀上，水野猛地将银平撞倒了。

“混蛋！”

银平从土堤上滚落下去。躺倒在柏油路上时，好像右肩摔得很痛。他在柏油路上盘腿而坐，少顷，按着右肩站了起来。他登上了土堤。对方不在了。银平胸闷气喘，坐下来后，又突然趴倒了。

为什么在少女回去之后，还要接近学生，同他搭讪呢？银平自己也觉得难以理解。尽管他吹着口哨走过去，但并无任何恶意。他仿佛真的想与那位学生谈谈少女的俊美。只要学生态度坦率，也许就能将他没发现的少女之美告知他。然而，那学生却满脸厌烦的神情。

“你真快乐哟！”猛然说出这句话，着实令人生厌。应该先扯点别的什么。即便如此，他被学生一下子撞倒滚落下去，这也使他感到自己的身子确实虚弱无力了。银平欲哭无泪。他一只手抓着嫩草，一只手抚摸着肩膀，粉红色的夕照模模糊糊地映入他眯起来的双眼。

那位少女从明天起就再也不会牵着狗来爬这坡道了吧。不，明天之前，也许那学生还不能联系上少女呢，所以，明天她会照样来爬这有成排的银杏树的坡道吧。然而，学生已经记住自己了，自己当然不能到这坡道或土堤上来。银平环视一下土堤，找不到可藏身的地方。那身穿白毛衣、裤脚折出红格子衬里的少女身影，已从银平头脑中悄然脱出，渐行渐远。桃红色的天空仿佛染红了银平的头。

“久子，久子！”银平以沙哑的嗓音，呼唤玉木久子的名字。

在乘飞奔的出租车去见久子的时候，街上的天空不知何故也是这种桃红色，尽管那时是没有夕照的下午三点。隔着窗玻璃所见的街景呈浅蓝色，而从驾驶席落下玻璃的窗户看到的天空颜色却与此不同。

“天空是否有点泛桃红色？”银平向驾驶员肩膀那边探身问道。

“是吧。”驾驶员模棱两可地说。

“没泛桃红色吧？怎么回事呢？可能是我眼睛的问题吧。”

“不是眼睛的问题。”

银平继续往前探身，闻到了驾驶员身上的旧衣服味。

自那次以来，银平每次乘出租车，仿佛就欲罢不能地感觉到浅桃红色的世界和淡蓝色的世界。隔着车窗玻璃见到的呈现出淡蓝色，与此相比，从驾驶席落下玻璃的窗户看到的都呈浅桃红色。仅是那次在车上的感觉吧，可银平似乎不得不相信，天空也好，街道的墙壁也好，道路也好，甚至连街树的树干，实际上都意想不到地含有桃红色。或春或秋，出租车行驶时大都关闭乘客席的窗玻璃，打开驾驶席的窗子。尽管银平还达不到以车代步的身份，但每次乘车，那种感觉都会重现。

后来，银平形成了一种认知习惯：好像驾驶员的世界是温暖的桃红色，乘客的世界是清冷的淡蓝色。乘客当然就是银平自身。不消说，透过窗玻璃的色彩看到的世界当然是清澄的。东京的天空也罢，街巷也罢，都飘浮着尘埃，也许本来就是浅桃红色的。银平好从座位上将身子前探，双肘支在驾驶座后面观望桃红色的世界，此时那浑浊空气的湿热令他心烦意乱——

"喂！你看你。"他真想一把揪住驾驶员。这大概是对某种事态的反抗或挑战的预兆吧，可若真的揪住驾驶员，自己就真的是狂人了。即使银平逼近身后，目光狂躁，街道和天空仍呈现出桃红色，在如此光亮的时段，驾驶员从没胆怯过。

再说，这还没达到令人胆怯的程度吧。因为银平根据出租车的窗玻璃的不同组装，第一次分辨出浅桃红色的世界和浅蓝色的世界，是在去会见久子的路上；而且将身子探向驾驶员肩膀那边，也是去会见久子时的姿势。在这种出租车里，银平总会想起久子。从那位驾驶员身上的旧衣服气味中，不一会儿便散发出久子藏蓝色哔叽布的学生服味，所以从那以后，不管什么样的驾驶员，银平感到他们散发出来的都是久子的气味。即使驾驶员穿的是新服装，也毫无改变。

最初将天空看成桃红色的时候，银平业已被开除教职，久子转了学校，他俩则避人耳目进行幽会。银平害怕变成这种见面方式，向久子耳语：

“不能对恩田说呀！这只是我们俩的秘密……”久子顿时面红耳赤，就像在秘密地点时的那样。

“秘密得以保守，便是甜蜜愉快的。一旦泄露，便成为可怕的复仇鬼，会闹乱子哟。”

久子面颊浮现出酒窝，抬眼盯着银平。当时他俩在教室外走廊的尽头。一位少女跳起抓住靠近窗户的叶樱树枝，犹如垂吊在单杠上一样摆动着身体。树枝摇晃着，树叶相互摩擦的沙沙声几乎隔着走廊的窗玻璃都能听见。

“恋情，二人之外是绝对没有知心伙伴的！明白吗？就是恩田，如今也是敌方。她就是世人的眼睛，就是世人的耳朵哟！”

“可是，也许我还会跟恩田说的呀。”

“不行！”银平怯生生地看了一眼周边。

“真难受。倘若恩田安慰我说‘阿久怎么啦’，我似乎藏不住实情啊。”

“为何要朋友的安慰呢？”银平加重了语气。

“我要是同恩田见面，肯定会哭出来的啊。昨天回到家，我就用水冷敷一下肿眼泡，效果不好。要是夏天，冰箱里有冰块，那该多好啊……”

“别扯闲情！”

“我难受死啦。”

“让我看看你的眼睛。”

久子顺从地将眼睛转过来。与其说她用那双眼睛看银平，倒不如说她是用眼神让银平看她那双眼睛。银平油然生出久子的肌肤之感，沉默不语了。

在和久子没达到如今这种关系的时候，银平也考虑过是否向恩田信子探听一下久子家庭的内情。从久子的言语来看，她对恩田应该是无话不谈，且直来直去的。

然而，恩田这个学生，存有银平难以接近之处。若是询问久子的有关情况，会很容易被她看透自己的内心。虽然恩田成绩优异，可她好像自我意识也强。有次上课的时候，银平读福泽谕吉[1]的《男女交际论》给学生听：

“川柳[2]中有这么一句：‘出门过街两三条，夫妻方同行。’”从这段开始，接着读：

“例如，夫旅行，妻惜别；妻染病，若夫深切看护，公婆看着太烦，世上并非没有这种逆公婆之意的奇谈。”

女生们一阵狂笑。然而恩田没有笑。

“恩田，你怎么不笑？”银平问道。恩田没有应答。

“恩田，你觉得不可笑吗？”

“不可笑。”

“即使你自己觉得不可笑，可大家都乐不可支地在笑，你笑一笑不也挺好吗？”

---

1 福泽谕吉（1835—1901），日本明治时代的启蒙思想家，庆应义塾的创建者。创办《时事新报》，提倡应用科学和独立、自尊。著有《劝学篇》和《文明论之概略》等。

2 日本杂俳的一种，源自人名“柄井川柳”。由五、七、五计十七字构成，属江户庶民文艺。以洞察人世微妙为特征，多诙谐和讽刺。取材于世态人情，无须季语和切字，口语、俗语亦可使用。

“我不愿那样。我觉得和大家一起笑也没问题吧，可是在大家都笑过以后，我不跟风似的笑也未尝不可。”

“挺会讲歪理的。”银平板着面孔说道，“恩田说这不可笑。大家说说，可笑吗？”

教室里顿时沉静下来。

“不可笑吗？福泽谕吉于明治二十九年写了这篇文章，在战后的今天读了仍不觉得可笑，这可是个问题呢。”银平借题发挥起来。他讲着讲着，话锋一转，别有用心地问道：

“有人见过恩田笑吗？”

“见过。我曾经见过她笑。”

“我也见过。”

“她常笑呀。”

同学们一边哄笑着，一边回答。

银平过后思忖：这个恩田信子和玉木久子之所以成为无间的密友，是因为久子也隐藏着异常的性格。久子散发出令银平尾随其后的魅力，她将银平尾随的事秘藏在心中，不就是她认可尾随了吗？久子的女性意识宛若瞬间触电而战栗似的猛然觉醒了。久子委身时，甚至银平也感觉到了战栗，他想大多数少女都会是这样的吧。

对银平来说，久子或许是他最初的女人。在那所高中，尽管他们是师生关系，可他认为，爱恋久子的日日夜夜，是自己到此为止的半生中最幸福的时光。在乡村，父亲还活着的时候，幼小的银平爱慕上了表姐弥生，这当然也是纯真无邪的初恋，不过那时太年幼了。

然而，银平最难忘的是他九岁或十岁的时候，因梦见加吉鱼而受到了众人喝彩。在与故乡的海一样浓重昏暗的波涛上，漂浮着一艘飞艇。定神一看，原来那是条硕大无朋的加吉鱼。加吉鱼从海中腾空跃起，而且在空中停留了好长时间。不止一条。加吉鱼从四面八方的浪头间全都腾跃起来了。

“哇！好大的加吉鱼。”银平大呼一声，醒了。

“这是幸运之梦。这是非凡之梦。银平要出人头地喽！”众人议论纷纷。

昨天，银平从弥生那里得到一册绘本，里面有飞艇的图画。银平没见过飞艇的实物，然而，在那个时候已经有叫作飞艇的物体了。如今大型飞机已发展起来，飞艇早已绝迹了吧。银平做的飞艇和加吉鱼的梦，如今也已成为历史了。银平觉得那梦与其解释为能出人头地，还不如改为能同弥生结婚呢。银平也没能出人头地。即使没有失去高中国语教师的职位，也没有升迁的希望。他不会像梦中矫健的加吉鱼那样，既没有从人海中腾空跃起的力量，也没有在人头上边的滞空能力。总之，这是沉向冥暗的浪底的报应吧，可自从点燃了与久子的地下恋情之火，幸福就非常短暂，落魄则及早到来。一如银平警告久子的那样，向恩田泄露的秘密变成复仇鬼闹起了乱子。恩田的告发相当严厉。

自那以后，银平决定在教室尽量不看久子，可目光自然而然地就投向了恩田的座位，这令他十分困窘。银平把恩田叫到校园的一角，哀求她保守秘密，有时还对她进行胁迫，可恩田对银平的憎恶仿佛是由直观产生的强烈问罪感，并非出于正义感。即使银平诉说爱情的珍贵，恩田仍一口咬定：

“老师龌龊。”

“龌龊的是你。别人向你坦陈秘密，你竟然将那秘密泄露出去，这难道不是龌龊吗？你的心肠里都趴着蚰蜒、蝎子和蜈蚣吗？”

“我没泄露给任何人。”

然而不久，恩田就向校长和久子的父亲发去了信函。发信人是匿名，据说署名为“蜈蚣”。

银平转为在久子选定的地点幽会了。所谓久子父亲在战后买的住宅，以前说来是在郊外，可战前的山手宅地仍保持着焚烧后的模样，仅留下一部分混凝土的残垣断壁。久子害怕见到人，喜欢在这些墙壁的内侧与银平相会。在这条住宅街的焦土上，如今也大都重建了大小不一的住宅，很少有残留焚烧痕迹的空地了，所以一度是废墟的那种恐惧感和危险均已荡然无存，着实变成了只是被人们遗忘的角落。丛生的杂草的高度，足以遮掩住他们俩。还是女学生的久子，觉得自己的家以前就在这儿，也算有一种安全感吧。

久子也很难写信给银平了，而银平这厢则既不能给久子写信，也不能给学校和家中打电话，还不能托人带口信，他同久子的联络渠道几乎全部中断了。银平在空地的混凝土墙内侧用粉笔写上留言，久子便会前来查看。他们商定写在高墙的下端。因为遮掩在草丛中，所以人们看不到。当然，不能写得繁杂。最多只能写上想会面的日期和时间的数字。它起到了隐秘通知板的作用。银平也曾来此查看久子写下的内容。久子决定幽会时，可以发快信或电报，而银平要想幽会，必须提前好久将日期和时间写在墙上，再查看久子写在那里的应允暗号。久子受监视，晚上难得出门。

银平首次在出租车上看到浅桃红色和淡蓝色那天，就是久子叫他出来的。久子窝在靠墙的草丛中等待着。“这堵墙这么高，你父亲真是作孽哪。墙顶栽着碎玻璃片，有的地方还反钉着钉子吧。”有次银平对久子如是说。不过，从新盖的平房确实是看不到高墙之内的。仅有一户建的是两层洋房，大概是新式样吧，楼层低，从二楼探头看，那角度也只能看到庭院的三分之二。久子了解这些状况，所以就倚靠在墙边。原来的房门好像是木头的，没有烧掉，但这块地不是要出卖的，所以首先不会有好奇的人进到墙里边来吧。下午三点时分，他们要在这里幽会。

“啊，你是放学回来的？”银平一只手搭在久子头上蹲下来，同时凑近用双手夹住她那苍白的面颊。

“老师，没有时间的。他们都算好了我从学校回到家的时间。”

“我明白。”

“我说学校有堂《平家物语》[1]的课外讲座，要留下来，可家里仍然不准许。”

“是吗？久等了吧？腿蹲麻了吧？”银平把久子抱在膝头上。久子在这大白天感到害羞，从银平膝头上滑落下来。

“老师，这个……”

“什么呢，钱？怎么回事？”

“我偷出来给你的呀。”久子双眸闪闪发光，“有两万七。”

“是你爸爸的钱吗？”

“是妈妈那儿的。”

“我不会要的啊。她会马上知道的，快送回去！”

“要是被她知道了，我就在家里放把火！”

“你不会是蔬菜店阿七[2]吧……有因这两万七千日元，就烧掉一千多万日元家产的人吗？”

“这是妈妈背着爸爸藏的私房钱，所以她不会声张的。我也是深思熟虑后才偷的，一旦到手了，再放回原处是挺可怕的啊。肯定哆哆嗦嗦，会被发现的呀。”

银平从久子那里得到偷来的钱，如今并非第一次。这是久子自己的主意，不是银平出谋划策的。

“作为老师嘛，我也是可以自食其力的哟。我学生时代有

---

1 日本镰仓时代“军记物语”代表作，作者和成书时间不详。

2 八百屋阿七（1668—1683），日本江户本乡的蔬菜店姑娘。天和二年（1682）因火灾在寺院避难，与寺内的小和尚相遇相爱。因欲与小和尚再度相会，放火烧毁自家房屋，被处火刑。井原西鹤的《好色五人女》等作品中的主人公。

位朋友，是一家公司老板的秘书，老板叫有田。他时常让我给老板的讲演稿代笔。”

“有田……有田全名叫什么？”

“他叫有田音二，是位老人。”

“哎哟，他是我新学校的理事长呀，他……父亲托了有田，我才转校的呢。”

“是吗？”

“理事长在学校的讲话，也是桃井老师撰稿的吗？真不知道啊！”

“所谓人生，就是那么回事吧。”

“是啊！清朗的月亮一出来，我就思忖老师也在观赏吧，而在风雨的日子，我就琢磨老师在公寓正做什么。”

“听秘书讲，那位有田老人因患上了奇怪的恐惧症而烦恼。秘书让我在讲稿中尽量别写妻子啦，结婚啦这样的词。我认为这是在女子高中的讲演，应该写上这些呀。有田理事长在讲演过程中，有像恐惧症发作那样的举动吗？”

“没有。我没发现啊。”

“是吧。毕竟，那是在众人面前嘛。”银平独自点了点头。

“那恐惧症发作，是个什么样子？”

“表现方式多种多样。也许我们也会那样。我发作一下，给你看看？”银平说着，就一边探摸久子的胸部，一边闭上了眼睛——故乡的麦田顿时浮现在眼前。一个女人骑在农家的裸马背上，穿过麦田对面的道路。女人脖子上围条白手巾，前面打着结。

“老师，您勒住我的脖子也没关系。我不想回家。”久子饱含情热，低声细语。银平对自己一只手抓着久子脖子的举动感到震惊。他又添上另一只手，试着丈量久子的脖子。那手温柔地插入领口，银平两只手的指尖合拢在一起了。他有意将那包钱滑落进了久子的胸膛。久子猛地紧缩胸部，抽回了身子。

“把钱带回去……如果我就这么拿着，你我好像都在犯罪。恩田不是告发我是罪人了吗？据说她在信中写道：一个躲在阴暗角落，撒弥天大谎的人，以前肯定劣迹斑斑……最近你见过恩田吗？”

“没见过。也没有来信。真不知道她是这号人。”

银平沉默了片刻。久子在地上铺了块尼龙布包袱皮，坐在上面反而感受到了泥土的寒气。周边的嫩草散发出一股青涩味。

“老师，请再尾随我吧。尾随时请不要让我发现。仍旧是放学回家的路上啊。这次的学校可远了哦。”

“而且，在那气派的大门前，你还装作刚发现的样子吗？从铁门里面，红着脸瞪着我？”

“哪能。可以进来的嘛。家里那么大，碰不到人的呀。就是在我的房间里，也有藏身的地方。”

银平顿时兴高采烈。不久，他们便付诸行动了。然而，银平却被久子的家人发现了。

此后，岁月也让银平与久子渐行渐远了，但从被牵狗少女的恋人模样的学生推下土堤以后，银平就一边看着桃红色的晚霞，一边不由得悲切地呼唤着“久子，久子”，返回到了公寓。土堤足有两人多高，所以他肩膀和膝盖上都留下了淤青。

次日黄昏，银平还是忍不住想看少女，又去了那条有排银杏树的坡道。那清纯洁净的少女对银平的跟踪几乎没有感应，所以银平还是认为：我不是没做任何施害行为吗？他感伤自己犹如掠过空中的飞雁，仿佛在那里只是目送着熠熠生辉的时光流逝。银平自己也不知明天的命运，就是那位少女，也不会永远美丽。

然而，银平昨天与那个学生搭讪，已经眼熟了，所以不能在银杏树的坡道上来回走动，似乎更不能待在学生等待少女的土堤上。银杏树旁的步行道与以前的贵族宅邸之间有道沟，银平决定就藏身在那沟里。倘若警察发现觉得可疑，就说是醉酒跌下去的，或者说是被暴徒推下去的，腰腿疼痛，也能打发过去。说是醉酒好像合乎情理，所以为了能呼出酒气，银平喝了点酒才出门。

昨天就知道这沟深，如今下去一看，里面还挺宽敞的。沟两侧的砌石整整齐齐，沟底也铺上了石块。石缝中生出杂草，去年的落叶已经腐烂。如果贴身于步行道一侧的砌石上，径直爬坡道的人是不会看到的吧。在沟里藏了二三十分钟之久，银平真想啃块砌石什么的。石缝中盛开的紫花地丁映入了他的眼帘。银平蹭身过去，将花朵含在口中，用牙咬断，咽了下去。这实在难咽啊。银平抽泣着，强忍着不哭出声来。

昨天的少女今天也牵着狗，出现在坡下。银平伸开两手抓住石头的棱角，一面将身子紧贴在石头上，一面一点一点地抬起头。他的手在发抖，他觉得砌石似要坍塌，胸膛的心跳在敲击着石头。

少女身着昨天的白毛衣，但下身不是裤子，而是深红色的裙子，还换了双好鞋。洁白与深红浮现在街树的嫩绿之中款款而来。当通过银平头顶的时候，少女的手就在银平眼前。白皙的手从手腕向肘部渐次更加白润。银平从下面仰望少女清纯的下巴，“啊”的一声闭上了双眼。

“出来了，出来了。”

昨天的学生已在土堤上等待着。在坡道的中段附近，银平从沟底眺望，只见朝土堤走去的二人膝部以上的身姿浮动在青草上。银平等到傍晚，也没等到少女通过坡道。恐怕那学生把昨天遇到怪异男子的事告诉了少女，她就避开这条路了吧。

此后，银平不知多少次或徘徊在有成排银杏树的坡道上，或长时间躺在土堤上的青草中。然而他就是没有见到少女。就是到了夜晚，少女的幻影也把银平引诱到这条坡道上来了。银杏树的嫩叶生机勃勃，很快变成了繁茂的青叶。月光下，银杏树在柏油路上投下了阴影，头上黢黑黢黑的一排树恐吓着银平。他想起了故乡的深夜大海的黑暗令他突感害怕而跑回家的往事。从沟底下传来了猫崽的叫声。银平停下来瞅了瞅。没见猫崽，可朦朦胧胧看见一个箱子。箱子里面仿佛有什么物体在微微动弹。

"原来如此，这里真是丢弃猫崽的好地方。"

这是将刚出生的猫崽一窝端装进箱子里遗弃的。大概有几只吧。它们光知道叫，会饿死的。银平觉得那些猫崽与自己似乎一样，便有意在那里倾听猫崽的叫声。然而，那个夜晚，少女始终没有出现在坡道上。

早在六月份，报纸上就登出在距那条坡道不远的护城河举办捕萤会的消息。就是那条有出租小船的护城河。银平坚信：那少女必定来参加捕萤会。因为她常牵着狗到这儿散步，所以她家肯定就在附近。

银平母亲村庄的湖畔也是盛产萤火虫的地方。母亲曾带着他去捕捉萤火虫，回来把它们放进蚊帐里再睡觉。弥生也是这样。卧室隔扇是拉开的，他就同隔壁房间蚊帐里的弥生争论哪个蚊帐里的萤火虫多。萤火虫是飞着的，很难数清楚。

"阿银真狡猾啊！什么时候都耍滑头！"弥生跪坐起来，握起拳头四处挥舞。终于，她的拳头打在了蚊帐上，蚊帐摇晃，落在蚊帐上的萤火虫飞了起来，可手上并无感觉，所以弥生更加焦躁，每次向上挥舞拳头，膝头也跟着跳起来。弥生穿着短袖短下摆的单衣，她把下摆从膝盖一直往上卷了起来。这样一来二去，膝盖就渐渐前移，弥生的蚊帐下端就向银平那边鼓起了一个奇怪的形状。看起来弥生就像个披着蓝蚊帐的妖怪。

“现在弥生那边多哟！你回头看看。”银平说道。弥生转过头，说道：

“肯定多啊！”

弥生的蚊帐在摇晃，那里面的萤火虫都飞起来发着光，所以看起来确实多，这是无可争辩的。

那时弥生的单衣上印着硕大的十字，银平至今记忆犹新。然而，与银平在同一蚊帐里的母亲当时在做什么呢？她对弥生的瞎折腾什么也没说吧？银平的母亲倒也罢了，而弥生的母亲也睡在一起，她也没有训斥弥生吧？另外，弥生幼小的弟弟也是应该在场的。除了弥生，其他人做的事银平全都想不起来了。

这些日子，银平仍旧时常看到母亲村子湖面上夜里闪电的幻象。那是几乎照亮了整个湖面才消失的闪电。那道闪电消失之后，岸边出现了萤火虫。岸边的萤火虫也可看作幻象的延续，可萤火虫作为附加物却有些怪异。也许闪电大多出现在有萤火虫的夏季，所以就附带上了萤火虫。即使是多愁善感的银平，也不将萤火虫的幻象认作葬身湖中的父亲的亡灵，可深夜湖面上闪电消失之后的瞬间，他的心情并不舒畅。每次看到那幻象的闪电，陆地上广袤渊深的水都纹丝不动地承接着夜空的闪光而突然闪现，对此，银平犹如感受到大自然的幽灵或是时间的悲鸣而心惊肉跳。银平也知道，闪电照遍整个湖泊恐怕只是幻影中的显现，现实中是不存在的吧。

然而，也许他觉得，强大的闪电出现之后，天空瞬间的光明会普照周遭世界的一切。这就像他第一次触摸生硬的久子一般。

此后突然变得大胆的久子令银平震惊不已，或许这也同被闪电照射过相似吧。银平受久子之邀进入她家中，成功地潜入了久子的居室。

“你家果然很大呀，我都找不到逃回去的路啦。”

“我送你出去呀。从窗户出去也可以啊。”

“不过，这可是二楼。”银平发怵。

“可以把我的和服腰带什么的系在一起，当作绳索哟。”

“没有狗吧？我可讨厌狗啦。”

“没有狗。”

久子无心闲扯，她目光闪烁，盯着银平说道：

“我呢，是不能同老师结婚的吧。我真想我们能同在我房间里，即使一天也可以。我讨厌一而再，再而三地总是藏在荒草丛中呀。”

“‘荒草丛’这个词，虽然也单指杂乱的草丛，但如今一般使用时，意指阴间、坟墓之下哟。”

“是吗？”久子没有注意听。

“因为把国语老师开除掉了，谁还讲这些呢……”

然而，出了这种老师，怎么说也不是个好事。在可怕的世道里，银平想象不到自己女学生的西洋居室能如此豪华奢侈，他被这种气势所压倒，沦落为被轰赶出去的罪人。从久子现在的学校大门一直尾随到她家门口的银平，已经与以往迥然不同了。以前久子知道尾随而装作不知，如今久子也已成为被银平完全俘获的女人。虽然这是设计的游戏或是精巧的安排，但这些花样都是久子提出的要求，这正是银平的欣喜之处。

“老师。”久子突然握住银平的手说，“晚饭的时间到了，你在这里待会儿。”

银平拽过久子吻了一下。久子希望长吻，将身体的重量全都倚靠在银平的胳膊上了。这样，为了撑着久子的身子，银平费尽了力气。

“我用餐时，老师干什么呢?”

“嗯？有你的影集吗?”

“没有啊。影集啦，日记啦，什么都没有呀。”久了仰望着银平的眼睛，摇摇头。

“你对小时候的往事，都不做任何留念吗?”

“那都没有什么意思。”

久子连嘴唇也没擦就走出去了，她会以何种表情与家里人共进晚餐呢？银平发现在墙壁凹洼处挂着布帘，后面是个小盥洗间。他小心翼翼地拧开水龙头，仔细地洗手，洗脸，漱口。他好像还想洗洗那双丑陋的脚，可脱掉袜子抬起脚，却难以将脚伸进久子洗脸的水槽里。再者，即使洗了，那脚也不会变好看，只会无奈地再次认知那脚的丑陋吧。

倘若久子不为银平做好三明治什么的端过来，这场幽会也许不会败露就过去了。她竟然用银盘子端来咖啡套餐，可说是太过大胆了。

外面有人一直在敲门。久子大概是急中生智吧，反而以责备似的口气问道：

“是妈妈吗？”

“是的。”

“我这里有客人，请妈妈不要开门进来。”

“是哪位？”

“是老师。”久子答道，声音虽小，却刚劲干脆。久子话音刚落，银平如沐疯狂的幸福之火似的，猛然站起身来。如果带着手枪，他也许会从后边向久子射击。子弹穿过久子的胸膛，击中门外边的久子母亲。久子朝银平这边倾倒，母亲向对面倒下。久子和母亲隔门相对，所以二人当然都会朝后边倒下。然而，久子在向后倒的过程中，来了个漂亮的转身，抱住了银平的小腿。从久子伤口涌出的鲜血顺着那条小腿流淌，浸润了银平的脚背，那儿的黑黝黝的厚皮，顿时变得像蔷薇花瓣儿一样美丽，脚心的皱纹舒展开来，变得宛若樱蛤般柔滑；像猴子指头一样长长的、骨节隆起的、歪扭蔫瘪的脚趾，也终于受到久子热血的洗涤，变成了服装模特的指头那么美观。银平倏然感到久子的血不会有那么多，才发现自己的血也从胸膛的伤口流淌。银平仿佛被阿弥陀佛乘驾的五彩云朵所笼罩，变得神志不清了。这幸福的狂想，也不过是一瞬间。

“久子呀，带到学校去的脚气膏里，掺杂着女儿的血呀!”

银平听到久子父亲的声音，惊恐得拉起了直面相对的架势。那是幻听。持续相当长的幻听。银平回过神来，满眼都是久子面朝门扉凛凛站立的身姿，他的恐惧消失了。门外悄然无声。透过门扉，银平看见了被女儿怒目相望而瑟瑟发抖的母亲的身姿。那是只被雏鸡啄光羽毛的赤裸母鸡，悲凉的脚步声渐行渐远。久子无所顾忌地走到门前，咔嚓一声锁上门锁，随即单手握住把手转身看着银平，后背瘫软地抵靠在门上，泪水滴滴答答地流落下来。

不消说，母亲刚刚离去，接踵而来的是父亲慌乱的脚步声。他将门的把手拧得嘎嗒嘎嗒响。

“喂，开门！久子，你不开门吗?”

“好，我见见你父亲吧。”银平说。

“不行呀。”

“为什么？现在只能见了。”

“老师，我不想让你见我父亲。”

“我不会胡来的呀！又没带手枪什么的武器。”

“我不想让你们见面。请你快从窗户逃走。”

“从窗户……好的，我的脚就像猴子那样。”

“穿了鞋就危险啦。”

“我没穿鞋。”

久子从衣橱中拿出两三条腰带背衬相互连接系在了一起。门外的父亲越来越发狂了。

“这就开门，请稍等一下。我不会殉情什么的……”

“你说什么？你怎么说出这种话？！”

看来父亲中了缓兵之计，门外一时沉静了。

久子把从窗口垂吊下去的腰带背衬上端缠绕在两只手腕上，竭力承载着银平的重量，热泪横流。银平用鼻尖稍微蹭了一下久子的手指，便轻捷地顺着腰带背衬滑落下去。他本打算用嘴唇吻上去的，但因当时正朝下看，所以只是鼻尖蹭上去了。另外，他也想为了表示感谢和告别吻一下她的脸，结果久子弯着身子，双膝顶着窗下的墙壁，胸部用力后仰，悬吊在窗外的银平没能够上。脚一着地，银平就心怀感激按预定暗号拽了两下腰带背衬。拽第二下时手没有感应，腰带背衬向窗户灯光的下面软绵绵地滑落下来。

“哎？给我的？我带走啦！”

银平一边在庭院中奔跑，一边将腰带背衬麻利地缠绕在甩动的一只胳膊上。他朝后一看，久子和她父亲模样的人正并排站在银平逃走的窗口，看样子她父亲也不会喊叫的。银平像猴子一样爬过了镶嵌藤蔓纹饰的铁门。

历经那场风波的久子如今已经结婚了吧？

自那以后，银平只同久子见过一面。自不待言，银平仍频频往来久子所谓的“荒草丛中”，即久子旧宅烧掉的废墟那里，可久子从没躲藏在草丛中等他，也没在混凝土墙壁的内侧见到久子写下的留言。然而银平并不气馁，即使在那里的草丛枯萎被埋在雪中的严冬，也时常前去察看，从没间断。

这毅力真可谓惊人吧。当春天的嫩草再度泛出浅绿长高的时候，他得以和久子意外重逢了。

然而，见到的却是久子和恩田信子两个人。刚开始银平好不激动，以为久子自那之后也为见到银平时常来这里，只是错时或走岔路而没能相会吧，但从久子毫无期待与银平相会的惊诧神情，方才知晓她这会儿是与恩田约见的。她与那个告密者恩田，在曾经的密会场所会面，这是怎么回事呢？银平没有贸然开口询问。

“老师。”久子喊道。恩田犹如要镇住场子似的，强劲地重复相同的称呼：

“老师！”

“玉木还在与这种人交往？”银平朝恩田头顶轻轻抬了抬下巴。这两位少女坐在一块尼龙包袱皮上面。

“桃井老师，今天可是久子的毕业典礼。”恩田的眼睛向上瞪了银平一眼，以宣告什么似的口吻说道。

“啊，毕业典礼……是的嘛。”银平不知不觉地加入了她们的话题。

“老师，我自那以后，一天也没去过学校哩。”久子诉说。

“哎呀，是吗？”银平顿觉心中咯噔一下。也不知是敲击仇敌恩田，还是曾经做过老师的本能表现，他不假思索地说道：“这可不容易啊，毕业啦！”

“理事长发声了，才毕业的啊。”恩田接过话头说。真不知这话对久子是善意还是恶意。

“恩田，你虽是才女，但给我住口！”银平说罢，转而问久子：

“理事长在毕业典礼上发表贺词啦？”

“是的。”

“我已经不给有田老人写讲演稿啦。今天的贺词，与以往的风格不一样吧。”

“变短了呀。”

“你们二人都在聊什么呢？即使偶然相遇，你们二人也还有悄悄话吧？”恩田说道。

“你若不在，憋在心中的话几天几夜也说不完哩！可是，有个间谍在听，那可如鲠在喉喽。你如果有话对玉木讲，就尽快讲完吧。”

“我不是间谍啊。我只是要从龌龊的人那里守护住玉木。多亏我的举报信，玉木才换了所学校，虽然没能上学，但也逃出了老师的虎口。玉木是我最珍重的人。不管老师怎么对待我，我都要同老师斗。玉木也憎恨老师吧。”

“等着瞧，看我怎么收拾你。不及早走开是危险的！”

“我是不会离开玉木身边的。是我和玉木相约在这里会面，所以请老师回去。”

“你是负责监督的侍女吗？”

“没人托我做那种事。龌龊！”随后，恩田转过脸说道：

“久子，我们回去吧。你心中积满了怨恨和愤怒，就对这个龌龊的人，道声永久的再见吧。”

“嗨，我讲过我与玉木有话要说吧，那些话我还没说完呢。你走开！”

银平愚弄似的用手蹭了蹭恩田的头顶。

“龌龊！”恩田甩开了头。

“是啊。你是什么时候洗的头来着？是要等到又脏又臭的时候才洗吧。这样的话，什么样的男子都不会碰你的呀。”银平对令人懊恼的恩田说道，“嘿，还不走吗？我是个拳打脚踢女人都不眨眼的无赖哟！”

“我可是个遭受拳打脚踢都不眨眼的姑娘。”

“好！”银平拽着恩田的手腕正要拖走，却回头看着久子问道：“没关系吧？”

久子的眼神仿佛是同意。银平得势，就把恩田拖拽走了。

“不，我不！你要干什么？！”

恩田趺趺撞撞，张嘴就要咬银平的手。

“哎哟，你要亲吻龌龊男人的手吗？”

“这是咬！”恩田叫喊着，但没去咬。

他们从烧掉的大门遗迹那儿来到了大路上，因为有过往行人，恩田就稳步行走了。银平仍没松开紧握着的恩田的一只手腕。这时，他叫住了一辆空出租车。

“这姑娘是从家出走的。拜托啦。大森车站前有家人等。快点去吧。”说完这番弥天大谎，他就抱起恩田塞进车里，并掏出衣袋中的一千日元票子投向了驾驶台。车子飞驰而去。

银平回到那堵墙的内侧，见久子仍原样不动地坐在包袱皮上面。

“我把她当作离家出走的女孩，扔进出租车里啦。现在车子正开往大森车站哪。花掉了一千日元。”

“恩田为了报仇，还会往我家发信的。”

“比蜈蚣还毒，对吧？”

“不过，也许她不会发信来。她对我说，她想上大学，是来劝我也上的。她想成为我的家庭教师，让我父亲给她出大学学费。因为恩田的家境清贫……”

“你们是为谈这些来这里会面的？”

“是的。从过年那会儿，她就给我写了好几封信要见面，可我讨厌她到家里来，就回话说在能出席毕业典礼后……恩田就在校门口等着了。我也想到这地方来看看。”

“你不知道自那以后我来过多少次。哪怕是处处积雪的日子也……”

久子脸上浮现出可爱的酒窝，点了点头。若看这般模样的少女，谁会想到她能与银平做出那种事情呢？谁能发现银平自身也下过一些“毒手”的痕迹呢？久子说：

“我曾想：老师是不是到这儿来了呢？”

“即使街上的积雪消融了，这儿的积雪仍然残留着呀。因为这堵墙很高……而且，从道路上铲除的雪，看来都扔进这堵墙里边来啦。门里边的雪堆积如山。对我来说，这也像是我们俩爱情的障碍。我总觉得那高高的雪堆之下掩埋着婴儿。”结尾时银平道出奇谈怪论，自己也惊讶得缄口不语了，而久子的眼神毫无疑惑的阴云，颔首以对。银平慌忙改变了话题：

“这么说来，你和恩田都上了大学？什么专业……”

“没意思啊，是女子大学……”久子满不在乎地答道。

“那个时候的腰带背衬，我还珍藏着呢！是你给我留作纪念的吧？”

“当时松了口气，就脱手滑落下去了。”这句话也是满不在乎的语气。

“被你父亲臭骂一顿？”

“叫我不许跨出门半步！”

“真不知道你连学校也不能去。早知道那样，我便藏在夜幕中，从那窗户悄悄溜进去该多好。”

“我有时深夜从那窗户望着庭院。”久子对银平说。在那禁止外出的日子里，久子仿佛变成了一个活脱脱的清纯少女，而银平犹如丧失了捉捕、了解这位少女隐秘心理的第六感官，感到悲伤。他既没有出招的劲头，也没有出招的机会。然而，即使银平坐到刚才恩田坐过的包袱皮那儿，久子也无回避的迹象。久子身着崭新的藏蓝色连衣裙，领子上的网眼花边装饰格外美观。大概这是为了出席毕业典礼吧。或许银平看了也不会明白，她也做了近来才兴起的隐形化妆。她身上散发出淡淡的香味。银平轻轻地将手搭在久子的肩膀上，说道：

“我们奔向某个地方去吧。两个人逃得远远的。去偏僻的湖边，怎么样？”

“老师，我已决定不再与老师会面了。今天在这里得以会面，确实是令人高兴的，但请您把这次作为最后一次。”久子以平稳的声调诉说，而不是要甩开他的语气。

“如果到了无论如何非得见到老师不可的时候，我是无论如何也要去寻找老师的。”

“我会沦为人下人的呀。”

“即使老师栖身东京上野的地下通道，我也要去。”

“现在就去吧。”

“现在不去。”

“为什么？”

“老师，我受伤了，还没痊愈。等康复了，如果还恋慕老师的话，我就去。”

“哦……”

银平感觉从头凉到脚。

“我彻底明白了。你最好还是别坠入我的世界中来哟。强扭的瓜，将尘封在我的内心深处。若非如此，那则可怕呀。我在与你不同的另外一个世界，一生都会沉湎于和你相处的记忆，感谢你啊！”

“老师的事儿，我若能忘也就忘了。”

“是的，那倒挺好的。”银平沉重地说，内心的悲哀犹如针刺般疼痛。

“不过，今天……”银平的声音在颤抖。

想不到久子颔首应允。

然而，即使在车子里，久子仍旧缄口不语。少顷，久子露出若无其事的表情，双颊略显飞红，沉静地闭合了眼睑。

“睁开眼看看，有恶魔。”

久子豁然睁大了眼睛，似乎没有去看恶魔。

“伤感啊！”银平说罢，用嘴唇衔住了久子的睫毛。

“会记住我吗？”

“会记住的。”久子空洞的低声细语拂过银平的耳道。

此后银平再没同久子会面。他曾几度到那处废墟徘徊。不知何时，大门那里围上了木板墙。荒草被除尽，土地被平整，大概在一年半或两年后，开始了建筑施工。看样子是小户住房，不像是久子父亲的宅邸。可能是把那块地卖出去了吧。银平听着木工娴熟地刨木料的声音，闭上眼睛伫立在那儿。

“再见啦！”银平对遥远的久子说道。他暗忖：和久子在这里的回忆若能为住在新房子里的人带来幸福该多好啊。刨子发出的声音如同这份祝福萦绕在银平的脑中，令他心旷神怡。

银平再也没来过显然已经转手他人的“荒草丛中”。实际上，久子结婚就搬进了这所新居，当然，银平对此不得而知。

银平的“那位少女”必定来参加有出租小船的护城河捕萤会——银平的断定惊人地准确，果然形成了第三次相遇。

捕萤会举办五天，银平没有错过町枝来的那个夜晚。连续几天，银平都过来观察一番，可报纸登出这次捕萤会的报道，是在捕萤会业已开始的两天之后，假如少女也是受晚报的诱导而来，那么银平当初的感觉也许就不那么准确了。然而，银平把那份晚报塞进衣袋里一出门，内心就充满了已看到少女时的遐思。世上好像没有词汇能形容少女眼角细长的眼睛，银平一边行走，一边用两手的拇指和食指在自己的眼睛上方，反复做出描绘清纯小鱼生动形态的那种动作。此时他听到了天界的舞曲。

“来世我也要托生为长着美丽的脚的青年。你现在这个样子就挺好。我们俩跳一支白色芭蕾舞吧。”银平自言自语说了自己的憧憬。少女的服装是古典芭蕾的白色，下摆撑开翻卷。

“这世上能有如此美丽的少女吗？！家境不好，是养育不出这种少女的。这种美也只能到十六七岁为止吧？”

银平认为那少女的花季年华是短暂的。如今的少女们，那原有的含苞待放的蓓蕾般的高贵气质，已掺杂着学生特有的尘俗。那少女的美丽，是被什么洗净、靠什么由内向外光彩夺目的呢？

“萤火虫八点开始放飞。”小船租借处贴出了告示。可东京的六月要在七点半才日落，银平只得在护城河的桥上来回徜徉，消磨时间。

“租小船的乘客请先取号牌再等候。”传来播音员反复呼叫的声音。想象得出，出租小船的商家的揽客之道促进了捕萤会的昌盛。萤火虫还没放飞，桥上的人群只得发呆似的观望上下小船的乘客，以及在水上荡漾的小船。只有银平兴致勃勃地等待着一位少女，他对小船对人群都视而不见。

银平还两次去过有排银杏树的坡道。他寻思着是否再次躲藏在那儿的沟中，但又回想起了以前躲藏时的情形，便把手抠住石崖，稍微蹲下身子。然而，当今是捕萤会的黄昏，这坡道上也人来人往。听到脚步声，银平就急匆匆下了坡道。虽然脚步声后面又传来了脚步声，但他没有回头。

来到坡下的十字路口，眺望人声鼎沸的游客，发现桥对面的街灯如今已照亮了低空，汽车的前灯也在道路上摇曳。嘿，快要到了。银平兴致勃勃，情绪激昂。不知怎么搞的，他却没能拐向护城河这边，而径直过桥到对岸去了。这一片是住宅区。追随银平过来的脚步声无疑拐向捕萤会那边去了。然而，那脚步声似乎在银平后背贴上一张黑纸什么的就走开了，他将胳膊绕到了身后。漆黑的纸上印有红色的箭头。箭头标示着去捕萤会的方向。银平想取下那张纸，可是手够不到。他胳膊发痛，关节啪啪作响。

“你不能朝背上贴着的箭头方向去吗？我来帮你取下箭头吧。”

银平朝发出女人温柔声音的方向转过身子。后面没有任何人跟随过来。拥向银平这边来的全是从住宅区奔向捕萤会的人们。刚才那女子的声音是广播中的。银平听到的那些内容好像是广播剧的台词，不该是播音员说的。

“谢谢啦！”银平向那虚幻的声音挥挥手，轻快地走了。他认为人间总有些可以宽容的瞬间。

桥旁边有家卖萤火虫的店铺，一只萤火虫卖五日元，一笼四十日元。护城河上没有萤火虫飞舞。银平来到桥的中段，终于发现水中不太高的箭楼上有个硕大的萤火虫笼子。

“撒呀，撒呀，赶快撒呀！”

孩子们频频叫喊，银平这才知晓：箭楼上撒放萤火虫才算是当地的捕萤会。

两三个男子登上了箭楼。成群的小船相互推搡似的在箭楼底下团团转。还有手持捕虫网、竹枝之类的乘船客。站在桥上和岸上的人群，也拿着绑上很长很长把柄的兜网和细竹枝捆。

过了桥，发现也有卖萤火虫的。

“桥那面的萤火虫是冈山产的，这边是甲州产的。那面的可小啦！又瘦又小哪！都是萤火虫，可有天壤之别啊！”听这么一说，银平凑上前去。这儿的萤火虫一只十日元，比对面贵一倍，笼子里装有七只，要价一百日元。

“给我装十只大个头的。”银平递过去两百日元。

“都是大的哦。七只除外，再加十只？”卖萤火虫的男子将胳膊伸进大大的布口袋里，不一会儿，从那濡湿的口袋内侧映出淡淡的光来。男子每次只捏出一两只装进筒形的笼子里。尽管笼子很小，但银平觉得看不出装有十七只萤火虫，便用手遮住照在脸上的灯光察看，此时那男子突然噗的一声吹了口气。这时，笼子中的萤火虫全都发出光来，男子的唾沫星溅得银平满脸都是。

“再装十只，就不显寒碜了。”

当卖萤火虫的在数着再装入十只的时候，孩童的欢叫声响了起来，飞起的水沫溅到了银平身上。从箭楼上撒向天空的萤火虫，宛如即将消失的烟花无力地沉落下来。也有的萤火虫在快落到水面时，终于横飞起来，却被小船上乘客的捕虫网和竹枝捕获了。放飞的萤火虫总共还不到十只吧。为了抢到那些萤火虫，捕虫网和竹枝都在水面一片搅腾。他们挥舞起早已濡湿的竹枝时，四飞的水珠当然要落到岸边人群的身上。

有人说：“今年天冷，萤火虫不太飞。”看来这是常年举办的例会。

本以为还会继续撒放，可是并非如此。

“九点之前将再次放飞。”从对岸的租船铺前传来了广播声，可箭楼上的三个男子却纹丝不动。游览的人群沉静下来等待着，可小船并不太顾忌萤火虫的事儿，划桨声依然可闻。

“早点撒算了，唉！”

“不会轻易放飞的呀。因为一放飞也就结束喽。”

大人在交谈着。银平提着装有二十七只萤火虫的笼子，他不稀罕看萤火虫，所以为了不再被水沫溅到身上，便从水边后退出来，靠在警亭前面的树干上。还是离开人墙独自站着容易盯住桥的上面。再者，警亭的年轻警察十分随和，他长着圆乎乎的脸蛋儿，似乎在专注地看着护城河那边。银平在他身旁，尤感奇妙的安然。站在这儿，好像是不会漏看掉少女的。

终于，从箭楼上连续放飞萤火虫了。虽说是连续，也不过是男子手里抓住近十只萤火虫再抛放。可能是口袋里的萤火虫有点难逮，也可能是想把持住恰到好处的时机，人声鼎沸的浪潮此起彼伏，一浪高过一浪。银平伴随着警察，也都不得安宁。大多数萤火虫飞不到远处，只能划出个垂柳的形态徐徐坠落，但也有几只向高处飞去，还有向桥这边飞来的。不消说，桥上的男女老少全都聚拢到了能看到箭楼一侧的栏杆边。银平跟在他们后面搜寻着。还有不少小孩子站在栏杆外面，摆开了用捕虫网捉萤火虫的架势。他们竟然掉不下去。

人们围拢过来，热火朝天地要捕捉发光的萤火虫。银平似乎回想起了在母亲村子的湖边见到的萤火虫——大概就是这样孤苦伶仃地飞窜的吧。

“喂，落在你头发上啦！”

桥上的男子对着箭楼下面的小船喊道。姑娘没感觉到萤火虫趴在了自己的头发上。同船的男子捏走了那只萤火虫。

银平发现了那位少女。

少女两只小臂支在桥的栏杆上俯视着护城河。她穿着白色的棉布连衣裙。少女的身后也是人挨着人，银平只能在人缝中窥见少女的肩膀和半个脸颊，但他认为肯定没有看错。银平暂且后退两三步，然后蹑手蹑脚地慢慢靠了过去。少女全神贯注地望着萤火虫萦绕的箭楼，无心回过头来。

她不会是独自一人来的吧？银平的目光落在了少女左边

的青年身上，令他顿感震惊。这不是原来的男子。那个学生在土堤上等待牵狗的少女，把银平从土堤上推落了下去。只要看一下背影，也会知道这不是他。这位男子身着白衬衫，既没穿外衣，也没戴帽子，但能看出他也是学生。

“自那以后，才短短两个月！”这位美少女这么快就移情别恋，让银平有种近乎看不起她的惊愕。少女的情思，即使与银平对少女的恋慕相比，也是不太靠谱的吧。虽然不能因为两个人一起来看捕萤会就说成是情侣，可银平总感到她和那位恋人之间出了什么事。

银平挤入少女旁边的第二人和第三人之间，一边手抓栏杆，一边侧耳探听。那边又放飞萤火虫了。

“我真想去捉萤火虫送给水野。”少女说道。

“萤火虫这玩意儿晦气重，带它去探望人不太好啊。”学生讲。

“他睡不着的时候瞧瞧倒也不错吧。”

“他会感到孤寂的呀。”

银平领悟到两个月前的那位学生大概生病了。银平担心把脸伸出栏杆会被少女看到，就稍稍偏后一点端详着少女的侧脸。少女束扎得略微偏高的秀发，从那结扣往前，形成了美丽的舒缓波浪状。与在有成排银杏树的坡道上遇到的她相比，好像头发扎得更加松散随意。

桥上没有灯火，比较昏暗，但可看出与少女结伴的学生似乎比以前的那个学生还要弱不禁风。他俩肯定是朋友关系。

“假如你下次去探望，也给他讲捕萤会的事情吗？”

“今天晚上的事情？”学生反问自己，“我一去，就聊起町枝的事情，因为水野会高兴啊。要是谈起我们俩去了捕萤会，水野一定会想象出萤火虫四处乱飞的情景吧。”

“我还是想送他萤火虫呀。”

学生没有作答。

“我又不能去探望他，憋死我啦！请水木跟他好好谈谈我的情况。”

“我总跟他说呢。水野也十分了解你的情况。”

“你姐姐带我们去看上野的夜樱时，曾对我说：‘町枝，看样子你真幸福啊。’可我一点也不幸福啊！”

“我姐姐倘若听到町枝不幸福，会很震惊的。”

“那就让她震惊一下？”

“嗯。”

学生倏然笑了，但他仿佛要转换话题，说道：

“自那以后，我也没见过姐姐。让她认为有的人生来就是幸福的，不是挺好吗？”

银平看穿了这个叫水木的学生也恋慕着这位町枝。他还预感到：叫作水野的学生纵然病好了，与町枝的爱情也会破裂的。

银平离开栏杆，蹑手蹑脚地靠向町枝的身后。她连衣裙的棉布好像较厚。萤火虫笼子提手的铁丝呈钩状，银平悄悄地把它挂在了町枝的皮带上。町枝没有觉察。银平走到桥头，才止步转脸张望町枝腰间那只光点闪闪的萤火虫笼子。当少女得知腰间的皮带上挂了个萤火虫笼子，她会怎么办呢？银平返回到桥的中段，混在人群中窥探，但一切如故。他暗忖这没有什么可怕的呀，弄得自己就像用刀片划开少女连衣裙后腰的罪犯似的，于是跨过桥走了。因为这个少女，银平如今发现了胆小的自己。也许这不是发现了，而是重逢了胆小的自己。他对这种自我辩护似的方式颔首自许，背对着桥垂头丧气地朝有排银杏树的坡道方向走去。

"啊，好大的萤火虫！"

银平看到天空的星星便认为是萤火虫，丝毫没觉怪异。他倒是充满激情，再次喊出：

"好大的萤火虫！"

开始传来了雨滴打在银杏树叶上的声音。雨滴非常大，非常稀疏，大概是一半化成了水的冰雹，又像是从屋檐流落的雨声。这不该是降落在平地上的雨，应是在某个高原的阔叶林旁边野营的夜晚所听到的雨声。无论在哪个高原，按夜露滴落的声音来说，这都算多的了。然而，自己从不记得登过高山，也不记得在高原野营过，那是从哪里来的幻听呢？不用说，是源于母亲故乡的湖边。

"那座村子称不上高地。这种雨声，如今是第一次听到。"

"不，确实在什么时候听到过这种雨声。也许是在森林深处——快要停下的雨声。大多时候，是积存在树叶上的水珠掉落的声音，而不是从天而降的雨声。"

“弥生，这种雨淋在身上可冷啦！”

“哼，那个叫町枝的少女的恋人，也许是去高原野营，淋了这种雨才患病的呢。因为对那个叫水野的学生的怨恨，才听到这成排银杏树上的怪异雨声。”等等，等等，银平自问自答，但因这是倾听没有降落的雨声，所以想象自由。

今天在桥上，银平得知了那个少女的名字。假设昨天，町枝或银平哪一个人死掉了，银平也就不会知道她的名字而了此一生吧。仅得知她叫町枝，也当属天大的缘分。可银平为何偏偏远离町枝在场的那座桥，去爬町枝根本不在的坡道呢？在去捕萤会的护城河的途中，银平也是不知不觉两度来到了这条坡道。见过町枝以后，他没意识到不该走这条坡道。在桥上留存下来的少女幻影正在这成排的银杏树下漫步。她是提着萤火虫笼子去探望生病的恋人的。

银平仅仅是想这么做试试看，没有任何其他企盼，但他为了用自己的心去点亮少女的身体，就把萤火虫笼子挂在少女的腰带上了，过后来看，这是银平的伤感所致吧。然而，少女却表现出想送给病人萤火虫。可以认为，银平为此才把萤火虫笼子偷偷送给少女的吧。

虚幻少女在白色连衣裙的皮带上吊着萤火虫笼子，走在有成排银杏树的坡道上，去探望生病的恋人，下着虚幻的雨……

“嗬，即使化为鬼魂，我还是凡夫俗子啊！”银平油然自嘲……假若町枝如今仍与叫水木的学生在桥上，那么在这黑暗的坡道上也必定和银平在一起。

土堤挡住了银平的去路。他抬腿想登上那土堤，可一条腿抽筋，便抓住了青草。青草有些湿。他单腿爬行似的避开发疼的腿，爬到了土堤上。

“嗨！”银平叫喊一声，站了起来。从银平爬行的地面内侧，有个婴儿在跟随着银平爬行。这与爬行在镜面上相似，银平与内侧的婴儿手掌似乎相互重叠。那是冷冰冰的死人手掌。银平感到惊慌，想起了一个温泉浴场的妓院。那里的浴槽底是用镜子做成的。爬上了土堤，银平发现这里正是他第一次跟随在町枝后面那天，被其恋人水野骂一声“混蛋”，推落下去的那个地方。

那时町枝在土堤上对水野说，她还看到了“五一”节招展的红旗通过电车道的情形。如今银平眺望着一辆东京的电车缓缓地通过那条电车道。在街树浓密的夜影中，电车的窗户光亮在蠕动着。银平一直在那里静静地凝望。土堤上面也没有虚幻的雨声。

“混蛋！”银平大叫一声，便从土堤上滚落下去。自己滚下去，却滚得不顺畅。滚落到柏油路时，他一只手抓住了土堤上的青草。他站起身，一边闻着那只手，一边行走在土堤下的道路上。仿佛婴儿在土堤的土中跟随银平走过来。

银平的孩子不光去向不明，甚至连生死也不明，这也是银平人生中一直挂念的事情之一。假如小孩活着，必定会在某个时间相遇。银平对此一直深信不疑。然而，那到底是自己的孩子还是别的男人的孩子，银平自己也搞不清楚。

银平的学生时代，在他寄宿的人家的门口，傍晚时分发现一个弃婴，附带的信中写着这是银平的孩子。那户人家的主妇吵闹起来，可银平既不惊慌也不害羞。学生要去参战的命运也在迫近，不可能捡起突如其来的弃婴来养育。更何况，对方是个娼妇。

“这是让我难堪啊！阿姨。她说我逃脱责任，就算计报复我。”

“有了孩子，桃井，你就一逃了之？”

“不，不是这么回事。”

“那你干吗要逃呢？”

银平对此没有作答。

“把婴儿送回去就没事了。”银平俯视着寄宿人家的主妇抱在膝头的婴儿，说道，“请你稍微看一下，我去把共犯叫来。”

“共犯？什么共犯……桃井，你不会把婴儿放在这里，自己逃之夭夭吧？”

“我只是不愿一个人去送还婴儿。”

“哎？”主妇满脸狐疑，一直跟随银平到了门口。

银平将恶友西村叫了出来。不过，婴儿还得银平带着。没办法，因为银平是丢弃孩子的女人的常客。他把孩子揣在外套里面，扣上下面的纽扣，十分别扭。不消说，在电车上婴儿哭了，可乘客们倒是对大学生这罕见的外观报以善意的一笑。银平也诙谐似的羞答答笑着，把婴儿的头从外套的领口露出来。这个时候，银平无奈地低下头，只得继续端详婴儿的脸蛋儿。

这是东京业已遭到第一次大空袭，平民区发生大火灾之后的事。这里并非鳞次栉比的妓院，所以银平他们不会被人发现。他们把婴儿放到小巷里一户人家的后门，就松快地逃走了。

从这户人家松快地逃走，银平和西村都有共犯的经历。因为战争时期有义务劳动，所以学生也配有胶底短布袜和帆布运动鞋等破旧的劳保用品。他们是把那些破烂穿戴丢弃后逃出妓院的。虽然身无分文，但逃走倒挺爽快。他俩感觉犹如从自己的羞辱中逃脱出来一样。那是又脏又累的义务劳动，在最难熬时，银平和西村就会意地使个眼神。想一想丢弃破旧鞋袜的那个场所，姑且苦中一乐。

即便逃脱，妓女的传票仍然送来了。不光是催款的。即将要去参战的银平他们，今后也不可能隐藏住址和姓名了。学生出征，学生们便成了英雄。公娼和被认可的私娼大都被征用或作义务服务，银平狎弄过的是属暗娼之类吧。或许那年代妓院的组织和规章制度都不严格，违规的人情通融便大行其道吧。银平他们没有考虑到对方对战争时期从严处罚的恐惧，以及与平时不同的自卑感，等等。银平他们似乎认为，爽快地逃走会被对方作为年轻人的冒险而给予谅解，从而也就不守规矩了吧。逃脱三四次以后，最后形成了事毕一逃了之这种习惯。

婴儿也是丢弃在小巷人家的后门便逃之夭夭的，所以最后的逃脱当然又添加上了一项。虽然是在三月中旬，但次日过了中午就下起了雪，夜里雪就积厚了。他们认为婴儿不会丢弃在那里一直到冻死。

“多亏昨晚去了呢。”

“多亏昨晚去啦。”

为了说那些事，银平冒雪去了西村的住处。妓院那儿没有传出任何音讯。婴儿的去向不得而知。

然而，自从爽快逃脱后长达七八个月未去的小巷人家，还会是放置婴儿时那样的妓院吗？银平抱着这种疑问奔赴了前线。即使还是原样的妓院，银平狎弄的女人，即婴儿的母亲，是否还在这家妓院呢？暗娼从妊娠到分娩后会一直在妓院吗？因为生下孩子，当然会脱离娼妓生活的方式和节奏，那时流行违规的人情通融，在那异常的紧张和麻痹交织的日子里，妓院不至于不关照一下产妇，但事情似乎并非如此。

被银平丢弃，那孩子不就开始成为真正的弃儿了吗？

西村战死了。银平生还，好不容易当上了学校的教师。

银平彷徨于火灾后的妓院街废墟中，疲惫了，便大声自语：

“喂，不要使坏哦！”他对自己的声音如此之大感到愕然。这句话是对那个妓女说的。以前那妓女把既非己出的也非银平的，而是一位同伴不要的孩子，丢弃在银平寄宿处的门口。好像被人发现了，追上去抓住了她。

“长得像我吗？想问问西村的，可他也不在喽！”银平又自言自语。

尽管那个孩子是个女孩，可令银平烦恼不已的那个孩子的幻象，却不可思议地性别不明，而且大概死了。然而意识清醒时的银平，总觉得那个孩子好像还活着。

恍惚记得那幼小的孩子握着滚圆的拳头用尽全力击打银平的前额，父亲一低头，孩子就继续击打他的头部。可那是什么时候的事呢？其实那也是银平的幻觉，现实中并不存在。倘若那孩子活着，如今已不是那样幼小的孩子了，所以这是今后也不会出现的事。

捕萤会之夜，银平漫步在土堤下面的道路上，跟随他在土堤的土中走过来的孩子，也还是个婴儿，而且，依然是性别不明。不管婴儿多小，总该能清晰分辨出是男孩或女孩的，一意识到这点，就感到那婴儿似乎是个有头无脸的幽灵。

“是女的，是女的。”银平一边嘟哝着，一边小跑，终于来到了商店鳞次栉比的通明街市上。

“香烟，拿包香烟。”

银平在拐角的第二家店铺前喘着粗气叫喊。白发苍苍的老太婆走了出来。是老太婆，性别一目了然。银平松了口气。然而，町枝却远去无踪了。要见识这世上还有那般少女，似乎要付出一番努力呢。

心无所系的银平变得既轻松又空虚，此时头脑中冒出了久违的故乡。比起死于非命的父亲，他更先想起的是美貌的母亲。然而，比起母亲的美丽，使他刻骨铭心的反而是父亲的丑陋，一如自己丑陋的脚要先于弥生的漂亮脚丫浮现出来。

弥生在湖的岸边要采摘野生胡颓子[1]的红果，小指被棘刺扎出了血滴。她一边吮吸小指上的血，一边上翻眼珠盯着银平说：

“为什么银平你不给我摘下胡颓子果呢？你的脚长得像猴子脚，和你父亲的一个模样呀。这不是我们家的血脉啊。”银平恼羞成怒，气得抓狂，真想把弥生的脚塞进棘刺丛中，但他够不到弥生的脚，便龇牙咧嘴地要咬她的手腕。

“瞧，好一张猴子脸啊！吱吱——”弥生也龇着牙给他看。婴儿在土堤的土中跟随银平走过来，肯定也是因为银平的脚像畜生那般丑陋的缘故。

那个弃婴的脚，银平连看也未曾看一下。这是因为他从骨子里就不认为那是自己的孩子。如果查看一下发现脚型相似，那肯定是自己的孩子，这是最最重要的证据——银平如此自谑自嘲。但没踏入人世的婴儿脚丫，难道不都是柔软可爱的吗？西洋宗教画中，围绕神飞翔的稚子们的脚丫就是这样的。在踏上世间的泥沼、巉岩和刀山的过程中，就会变成银平那样的脚。

“然而，假如是幽灵，那孩子就不该有脚呀。”银平自言自语。所谓的幽灵没有脚，这是谁看到的象征？银平老早就

1 一种常绿灌木，长有棘刺，果实成熟时为红色。

觉得自己的伙伴中持有这种看法的很多。从银平自身的脚来看，也许已经没有踏在这个世界的土地上了。

银平将一只手掌朝上握卷成圆窝，像要承接从天而降的玉珠似的，彷徨于灯火通明的街道上。人世上最美的山不是翠绿覆盖的高山，而是堆满火山石和火山灰的荒漠高山。它被朝夕的阳光浸染，显现出五颜六色。既有桃红色，又有紫色，与朝霞夕照的天色变化如出一辙。银平必须叛逆仰慕过町枝的自己。

“即使老师栖身东京上野的地下通道，我也要去。”银平想起了久子这句预言性的爱的宣誓，或是离别宣告。那地下通道现在是个什么样子呢？银平来到了上野。

竟然连这里也变得如此凋零、如此安闲了。只见已习惯住宿于此的流浪者，在地下通道的一侧或躺成一排，或蹲作一团。有的把捡废纸的背篓当作枕头，下面铺着装木炭用的空草包或席子。带有大包袱的算是处境好点的，这是一如既往的流浪者形态。他们对过往行人漠不关心，不屑抬头一顾，也感觉不到自己才是被人观望着的。如今已入睡的倒是睡得真早，令人羡慕不已。有对年轻夫妇，女人把男人的膝头当作枕头，男人趴在女人的背上安详熟睡。这夫妻俩抱成一团睡觉的姿势，就是在夜行火车上模仿，也不会这样配合默契吧。这境况令人感到他们真像一对小鸟，相互将头钻进对方的羽毛中入睡。他们也就三十岁上下吧。夫妇流浪者很罕见，所以银平站住看了一会儿。

潮气很重的地下霉味中，还混杂着烤鸡肉串和关东煮的气味。银平钻过像搭在混凝土洞口的店铺门帘，喝了两三杯烧酒。身后有个花裙子闪现出来，银平撩起门帘，但见一个男娼站在那里。

两人打了个照面，可男娼一言不发地抛了个媚眼。银平溜之大吉。真不爽快！

银平瞅了瞅通道上面的候车室，这里也弥漫着流浪者的气息。入口处站着一位站务员，他对银平说："请出示车票。"进入候车室须持有车票，这是比较罕见的。候车室墙壁的外侧，像是流浪者的人有的呆然伫立，有的蹲靠在墙边。

走出车站的银平一味思考着男娼的真实性别，稀里糊涂钻进了一条陋巷，恰与一个穿着长胶靴的女人相遇。她的白衣衫有点脏，穿的黑裤子也褪色了。这是半男装穿戴。像是洗缩水的衣衫没有显现出胸部的膨胀。一张黄脸风吹日晒的，没有化妆。银平回头看了一眼。从擦肩而过时女人就有点意思地靠近了银平，现在她尾随过来了。曾经尾随过女人的银平，遇到这种情形宛如后面长了眼睛似的。他后面的眼睛顿时炯炯有神起来。然而，女人为什么要尾随过来呢？银平后面的眼睛也看不明白。

在银平首次尾随玉木久子，从铁门前一直逃到附近的繁华街道时，曾有个站街女对他说"我可不是尾随你过来的"，这显然是托词。可如今的这个女人从装束气质来看并不是妓女。长胶靴上面还沾有泥巴。那泥巴不是湿的，好像是几天前沾上的，一直没有冲洗。长胶靴本身也都泛白，磨得很旧了。又没下雨什么的，她却穿着长胶靴在上野一带溜达，是在干吗呢？是腿脚有残疾？或是丑陋？穿着裤子也是这个原因吗？

银平眼前浮现出自己丑陋的脚，进而联想到更丑陋的女人脚在跟随，于是突然停下，想让女人超越过去。然而，女人也站住了。双方相互发问似的目光碰撞到了一起。

“您有什么事吗？”女人率先发话。

“这是该我问你的吧。你不是跟着我后面过来的吗？”

“是您给我递眼神的呀。”

“是你给我递眼神的。”银平边说，边思忖与这女人擦肩而过时，是不是自己有被对方领会为给她什么信号的地方，可他确实认为是女方有意的。

“因为女人很少有这种装扮，我只是看一眼而已。”

“我没什么特殊的吧。”

“你是干吗的？觉得别人递眼神就跟随过来？”

“总觉得您是值得注意的人呀。”

“你是干吗的呢？”

“什么也不干啊。”

“你是有什么目的吧？跟着我过来了……”

“不是跟着你过来的，哦，只是随着过来看看的呀。”

“呃。”银平重新看了看她。连口红都没涂的嘴唇颜色很难看，黑黢黢的，并露出了嘴里镶的金牙。难以看出她的年龄，大概快到四十了吧。她是单眼皮，目光像男子一样干练锐利，仿佛在寻猎意中人。另外，她的一只眼睛是细细的眯缝眼。晒黑的脸蛋儿皮肤干巴巴的。银平总觉得有点危险——

“那么，我们到那边去吧。”银平说着，顺势抬手轻轻触碰了一下女人的胸脯。没错，是女人。

“干什么呀？！”女人抓住了银平的手。女人的手掌十分柔软，不像是干体力活的。

核实一个人是不是女的这等事，银平也是第一次经历。好像明明知道她是女的，竟要用自己的手来确认，银平便奇妙地安下心来，甚至感到亲切可爱。

“呃，我们到那边去吧。”银平再次说道。

“你说的那边，是哪边？”

“周边有没有轻松随意的酒馆？”

银平想找个能带这个穿一身奇装异服的女人去的店面，又原路折回到了灯火通明的街面上。他进了一家卖关东煮的店铺。女人跟随着进来了。在煮锅的周边，三面摆着“凹”字形客席，另外还有偏离煮锅的餐桌。“凹”字形的客席大都坐满，银平就坐到了入口旁边的餐桌。敞开的入口挂着店面门帘，从那下面只能看到过往行人胸部以下的部分。

“喝烧酒还是喝啤酒？”银平问道。

银平也没打算对这个一副男人骨架的女人做什么。他已经晓得没有危险，别无他求，只想放松一下。不管是喝烧酒还是喝啤酒，都任由她选。

“我要喝烧酒哩。”女人答道。

除了关东煮，这里好像也供应简单的菜肴，墙上挂着成排的菜单纸片。点菜也全委托女人了。从女人的厚脸皮来看，银平暗忖：她是不是为不良店家拉客的呢？倘若是的，那也认了。可是，银平没有出言点破。而女方呢，也许觉得银平有点危险，就没去诱引他。或许，她对银平有种亲近感，就跟随过来了。总而言之，像是女人也把当初的目的暂且弃舍了。

“说起人的一天，倒是挺奇妙啊！真不知道会发生什么事。我与你素不相识，现在却能一起喝酒聊天。”

“是啊，确实素不相识。”女人说道，好像她喝了酒便来了精神。

“今天只管尽兴喝，喝完就拉倒，是吗？”

“是呀。”

“今大晚上，喝完就直接回家吗？”

“要回家的呀。孩子一个人在家等着呢。”

“你有孩子呀！”

女子接连干杯，喝了不少。银平像是在观赏着女人喝酒。

在捕萤会见到那位少女，在土堤上被婴儿的幻象穷追，如今又和素不相识的女人同桌共饮，银平仿佛无论如何也不相信这是在同一个夜晚中发生的事。然而，之所以难以置信，肯定是源于这女人的丑陋。见到捕萤会上的美丽町枝是梦中的现实，而在廉价酒馆和丑陋女人一同饮酒是实在的现实，如今不得不如此。可银平也觉得：好像是为了求得梦幻中的少女，才与这现实中的女人一同饮酒的。这女人越丑陋越好。基于此，町枝的容貌似乎才能浮现在眼前。

“你为什么穿着长胶靴？”

“出门时，以为今天要下雨呢。”女人的回答很明快。真想看看长胶靴里的女人的脚——银平被这种诱惑所俘获。倘若女人的脚丑陋，那她终将会成为与银平相般配的人儿吧。

随着畅饮，女人的丑陋陡增起来。单只的大眼睛依然那么大，而另一只眯缝眼却更加纤细了。她用那只眯缝眼斜瞥银平一眼，肩膀摇晃着斜靠过来。银平抓住那只肩膀，但她也没躲避。银平感觉就是抓着一把骨头。

“这么瘦，可不行呢！”

“没办法呀。就靠一个女人养活孩子哟。”

她说在小巷子里租了间房子和孩子一起住，女儿十三岁，在上中学，丈夫战死了。这些话也弄不清真假，但有个孩子好像是真的。

“我把你送回家吧。”银平再次说道。

女人立即点了点头，最后一本正经地道：

“家里有孩子，你不能去！”

银平和女人是面朝厨师并排坐着的，可不知什么时候，女人变成了面朝银平，像要依偎过来似的瘫软了。那可是要委身于君的举止。银平顿感悲哀，宛若世界的末日不约而至。

万物尚未到达如此严重的地步，也许这只是源于见到了町枝的夜晚。

女人喝酒也贪杯。每次再要加酒时，她都窥视一下银平的神情。

“那就再喝一杯吧！”银平最后说罢，女人即刻应道：

“我可不能走路啦。行吗？”她将手搭在了银平的膝盖上。

“只开这一瓶啦，请拿杯子来。”

那只杯子的酒顺着她的嘴角邋遢地漏淌出来，也滴落到了餐桌上。她那晒黑的脸膛呈发紫的殷红色。

出了关东煮铺子，女人就倚靠在银平的膀臂上。银平抓住了女人的手腕，想不到这么滑润。路上遇到了卖花的小姑娘。

“买束花吧。带回家送给孩子。”

然而，女人把那束花寄存在了昏暗街头卖中国面条的摊贩那里。

“拜托大叔啦！我马上会来取的。”

把花束递过去后，女人的醉意更浓了。

“我好多年都没有男人啦。不过，无可奈何呀！这次真是有缘千里来相会啊！”

“噢。彼此彼此嘛。没法子的事。”银平言不由衷地顺着她说。现在与这女人勾肩搭背地漫步，银平内心感到的只是自我厌恶。他只是被察看长胶靴中的女人脚的诱惑驱动着。

然而，银平也仿佛看到了那双脚。女人的脚趾虽然不像银平那样酷似猴子，但也丑陋不堪，肯定是暗褐色的厚厚脚皮。一想到自己和这女人伸出裸足的情景，银平就恶心欲呕。

去哪里呢？银平暂且任由女人引导。进入小巷，来到了一座规模较小的稻荷神社[1]前。神社隔壁是廉价的情人旅馆。女人踌躇不前了。银平松开了缠挽在一起的女人胳膊。女人瘫坐在了路边。

“如果孩子在等着你，就快回家吧。”银平起身走了。

“混蛋！混蛋！”女人叫喊着，接连不断地投出神社前的小石子。有一颗正巧砸中了银平的脚踝。

“痛啊！”

银平瘸腿走着，悲怜之情油然而生。把萤火虫笼子挂到町枝的腰上，为什么没有直接回家呢？！他回到二楼的出租房脱掉袜子，但见脚踝有些发红了。

1 日本各地供奉稻荷神的神社，总社是位于京都市伏见区的稻荷大社。稻荷神是日本神话中的谷物和食物神。

永远的旅人[1]

——川端康成其人及作品

三岛由纪夫

一

数日前从报纸上得知，川端先生以笔会代表身份[2]赴欧参会的行程又取消了。川端先生每年都要出席国际笔会代表大会，因此他远赴海外的消息年年都有报道，几乎成了传统。时隔不久，又如传统一般，行程取消的消息也再见报端。普通读者往往弄不清楚究竟是怎么一回事。

然而，稀奇的是，川端先生自己也不清楚。

好几次，我问他："今年快该去了吧？"他只是答："哎，不知道啊。"甚至临到行前也是如此。最后，在川端先生本人的意愿

1 译自新潮社2003年版《三島由紀夫全集》第27卷。

2 川端康成从1948年起任日本笔会会长，直至1965年。

下，行程取消。

一般来说，真的需要出国的文人，无论如何都是要去的。所以，如果因故无法成行的话，实际上也不是必须出国。我的这种看法套用在川端先生身上，正好合适。不过，让我疑惑的并不在这一点，而是计划赴欧又取消行程一事围绕着川端先生所起的复杂状况，以及在这过程中川端先生身上呈现的某种规律性。

川端先生的生活、艺术以及人生的方方面面，都是如此！他到底真的想去，还是不想去？谁都不知道。连川端先生自己都不知道的事，谁又能知道呢？

我行事慌张，墨守成规，凡事都要按计划推进。在我这种人看来，川端先生是位奇人。神在造人时，也像造园一样，乐于考虑各种对比，所以人的性格迥然有别。就东洋来说，我这种人是小卒，川端先生则是高深、神秘、汪洋大海般的大人物。

但是，听人评价川端先生是“胸襟宽广之人”“大度量之人”，我又感觉不太相称。因为这种类型的性格会让人立即联想到西乡隆盛[1]。然而，川端先生十分清瘦，又是一副神经质般的风貌，与西乡隆盛完全不同。另一方面，世间流传着诸多对川端先生的偏见，说他具有近代性的、如末梢神经般异常敏锐的洞察力，也有说他拥有古代美术收藏家一样纤细的美意识，等等。以这些偏见来看，川端先生的作品实际上并不是豪放的、英雄式的，而是纤巧的，透着惊人的敏感。

---

1 西乡隆盛（1828—1877），日本政治家，明治维新时期倒幕派中心人物。

川端先生这个人的独特之处，就在于他的性格中不可思议地混合着互异的特质。所以，他的生活与作品看似截然不同，却又被一根共通的线牵连在一起。在那些纤巧的作品中也随处可见果敢、大胆的笔触。

二

有人说川端先生冷酷，有人说他温暖，关于他的评价往往因人而异。如果从极其世俗的意义上界定温暖之人，那么先生确实是温暖、侠义的好人：他为穷困者提供物质援助，帮助别人找工作，照顾已故恩人的家人，等等。先生的半生中，这类美谈累积如山。在受助的人看来，先生大概既像幡随院长兵卫[1]，又像清水次郎长[2]吧。而且，先生的这些行为中，没有丝毫伪善的味道，这也是他的特质。如今我要出国旅行时也是，川端夫妇特意到寒舍激励独自出行前无助不安的我，给了我莫大的底气。

但是另一方面，极其世俗的意义上的温暖之人往往过度热心，喋喋不休地强迫对方接受自己的好意，而且喜欢擅自干涉他人的私生活。而这些特点，先生完全没有。十年间，我一直亲聆先生的教诲，却从未听到过什么忠告。不过，也可能是因为他觉

1 幡随院长兵卫（1622—1657），日本江户初期的侠客。本名塚本伊太郎，传说因杀人被判死刑，随后被幡随院的住持救下，于是自称幡随院，后成为町奴（市民侠客）的头领。

2 清水次郎长（1820—1893），日本江户末期到明治时期的侠客、实业家。

得我这个人不听劝，即便给忠告，也是徒劳吧。先生酒量小，从不会与人豪饮。大概因为这层缘故，十年来，先生从没有半强制性地要求过我陪他喝酒。即便路上偶遇，也不过是作为后辈的我邀他去喝个茶而已。

“喝一杯去！”“这人不够意思！”以这种世俗方式生活的人，当然会觉得先生冷酷吧。我也不能免俗，有时碰上先生兴致大好，也不是没有期待过他与我谈些荒唐的事，可惜这种事绝对不可能发生。

有人曾说过：

“若是陪同小说家出行，最佳人选便是川端先生。一同旅行时他爱操心，工作上又平易近人。除此以外的事，完全放手不管。”

此人所说若是真的，那么川端先生的人生便是一场接一场的旅行，先生就是一个永远的旅人。偶尔在人生的一隅落脚小憩，便忍不住关照邻里，善待老妪。那么，是不是一直在路上，就能拥有川端先生那样的生活态度呢？并不会。不仅不会，还有许多人在外出旅行后变得更招人烦。

不过，我们很难到达完全不需要他人忠告的境界。理论上来说，一切忠告都只是伪装的利己主义。面对他人的忠告，我们很可能又会忠告对方：“忠告这种东西不过是伪装的利己主义罢了，难道不是吗？”然而，如果打碎了忠告这种愚劣的、社会连带性的幻影，我们又害怕其他幻影也会一并被打碎，人就会陷入孤独。

这就产生了许多传说：有人说川端先生“孤独”，也有人持另一种观点，称他为“达人”。当然，创作是需要孤独的。那种可以成为强有力的创作母胎的生气蓬勃的孤独并不能从无所事事、充满惰性的孤独感中产生。普鲁斯特长期禁闭在斗室，但也时不时穿上毛皮大衣，与相熟的文人见面。更何况川端先生体质强健，无宿疾，也很少感冒。他并不是挂着一副看破世事的表情，在人们想象的那种慢性孤独中度日。

川端先生其实经常外出。他虽然不是爱伦·坡所写的那个“人群中的人”，但是在人群聚集的地方发现川端先生那张“孤独”的脸也并非罕事。他常常挂着一副饶有兴致的表情，是好奇心旺盛的那种类型，应该和正宗白鸟[1]算是同一种人吧。在众所周知的镰仓文库时代[2]，作为励精恪勤的董事，他每天准时上班，从不懈怠。他食量小，一下子吃不了太多，于是一小份便当分四次吃完。如今已是不需要带便当的时代了，但他坚持出席笔会的例会，从不缺席，还要处理各种繁杂的外部事务。

有一两次，我和川端先生约好见面，他惊人地准时。而另一方面，他也并不是事事都这样务实高效。

有桩出名的逸事：川端先生年轻时，房东老太太来催要房租，他只是默然长坐，最后迫使老太太只得自己离开。先生的个

1 正宗白鸟（1879—1962），日本小说家、剧作家、评论家，自然主义文学代表作家，1943年任日本笔会会长。

2 1945年，川端康成参与成立图书借阅店“镰仓文库”。同年，镰仓文库转型为出版社，川端等人任董事；随后四年为其辉煌时代，最终于1950年解散。

人生活直到现在也没有什么计划性。从他成为新进作家开始，就喜欢住大房子，在热海[1]租了一套大别墅。据说，有客人留宿时，川端夫人便急匆匆地跑去租借被褥。即便这是杜撰的故事，也确实像川端先生的作风。据说有段时间，他常住的房子是租来的，却在轻井泽买了三套别墅。这样的人恐怕并不多见。古董商也是，一碰上先生，恐怕就要费不少苦心了。

尤其不可思议的是，他会抽时间接待来客，几乎来者不拒。所以，他在家的时候，常有编辑、年轻作家、古董商、画家等数人，有时甚至是十余人围在他左右。我时常上门拜访，忝陪末座。这么多来访者，立场不同，事情也各异，主人若不八面张罗，话题自然就会中断。一个人说了什么。先生答上两三句。沉默。又有人唐突地发言。又是沉默。……就这样，几个小时过去了。

我基本是个急性子，耐不住别人的沉默。世上有人性子慢，对方沉默，他反倒觉得轻松，跟沉默的人打交道，丝毫没有负担。川端先生大体就是这种个性，别人沉默，他就想些别的事，并不觉得累。所以，川端先生的责任编辑也最适合由这种人来担任，他得能够享受一连数小时发呆或沉默的氛围。那么，川端先生出现在拥挤的会客间，会最先跟谁说话呢？听人讲，必定年轻女士优先。

初次见面，川端先生给人的第一印象出名地不好。他经常

---

1 静冈县城市，位于伊豆半岛北部，以温泉闻名。

一言不发，毫不客气地盯着对方看，心怯的人只能连连擦冷汗。甚至传说有位年轻的新手女编辑初次上门拜访，结果运气不好，或者说是运气很好——当天没有其他来客，先生三十分钟未发一言，女编辑不堪忍受，最后哇的一声伏地大哭起来。

来客中也有古董商，带着川端先生中意的名品过来，先生只顾埋头欣赏，连对古董一窍不通的同行也只好窘迫地跟着鉴赏先生的背影与古旧的名画。先生最初可能高估了我的鉴赏能力吧，给我看过大量他收藏的名品，可我一向兴致不高，最近他索性放弃，不再给我看了。

川端家习惯在大年初二迎客。战后，我第一次参加这天的聚会，众人谈笑风生，唯独川端先生独自坐在火盆旁伸手烤火，同时默默地注视着大家。当时尚健在的久米正雄[1]先生见状，突然大叫："川端你真孤独啊！太孤独了！"

我依然记得久米先生绝叫般的话语。那时的我觉得，爽朗的久米先生比川端先生看上去更孤独。我十分确信的一点是：自己懂得了这些正创造着丰富作品的作家的孤独。

讲了这么久先生的待客态度，是因为我难免怀疑：川端先生难道不可惜自己的时间吗？在我看来，当作家有种特殊的好处——若想更好地处理工作方面的事，就可以无限度地占用私人时间。这当然也能使合作方获益。但是，川端先生的生活态度还是遵循着开头提到的规律。只能说他喜欢顺其自然，而另一方面

1 久米正雄（1891—1952），日本作家，曾与芥川龙之介一起投入夏目漱石门下。著有《萤草》等。

则是蔑视生活，关于这一点，我打算梳理梳理，后面再写。

不过，先生在与人交往时，也并不是没有畅快愉悦的时刻。那是在战后，突然兴起与外国人交际的风潮。先生饶有兴趣地观察着外国人，这种情形在他身上鲜有发生。看见与西洋人同席而坐的先生，我总是想，那就像孩子觉得西洋人有趣，目不转睛地盯着看一样，近似于一种无邪的好奇心。

占领时期的美国驻日本大使馆有位名叫威廉姆斯的老太太，人很有趣。她完全不通日语，却成了一个大川端迷，川端先生也经常与她来往。威廉姆斯夫人是个高大的老太太，为人大气，身上带着美式的开朗、坦率与可爱，她不懂文学，还是天理教[1]信徒组织MRA的狂热拥护者。这个人没有读过一部川端先生的作品，却成了川端迷。川端先生也很害羞，虽然略通英语会话，却从来不说，两人就靠眼神和表情交流。但我知道，川端先生很享受与这位夫人的交往。《千只鹤》获艺术院奖时，威廉姆斯夫人虽然什么都不懂，却像自己获奖一般高兴，立即举办了一场庆祝会。我前往参加，结果看见夫人准备的大蛋糕上只装饰着一只鹤的图案。

我提醒说:“只有一只鹤，很奇怪。”

“为什么奇怪?”威廉姆斯夫人反问。

“怎么说呢，就是很奇怪。”我说。

结果她说:“那可是长着千根羽毛的鹤啊，一只难道还不

---

1 日本新兴宗教，1838年由中山美伎（1789—1887）创立。

够吗？”

我想，一定是什么人给她这样翻译的，让老太太陷入了文学上的误解。

三

写了这么多，该谈谈先生的作品了。但是，描绘完如此破碎的肖像画，现在就更没办法一板一眼地阐述川端康成论了。

瓦雷里[1]说：“作家的生活可以成为作品，反之却不行。”我最近领悟到了这句著名箴言中的意味，同时开始确信，一流作家的作品和生活，撇开私小说不论，最终都会有一致的相似性。

芭蕉[2]在《幻住庵记》中写道：“无能无才，唯一心终此途。”这同样是川端先生的作品与生活的最终宣言吧。川端先生的作品注重细节上的造型，相比之下，却放弃了对整体结构的塑造，这种方式应该是从同一种艺术观和同一种生活态度中产生的。

比如说，川端先生是世上公认的擅写名文的名家，但是在我看来，他始终是一个没有文体的小说家。之所以这样说，是因为所谓小说家的文体，关键便是应有解释世界的意图。作家只有

1 保尔·瓦雷里（Paul Valery, 1871—1945），法国后期象征派大师，法兰西学院院士，诗耽于哲理，倾向于内心真实，追求形式的完美，作品有《旧诗稿》《年轻的命运女神》《幻美集》等。

2 松尾芭蕉（1644—1694），日本江户时代诗人，写作风格对日本诗坛影响巨大。

借助文体这个道具才能应对混沌与不安，整理世界，划分世界，将其带入一个狭小的造型框架内。福楼拜的文体，司汤达的文体，森鸥外[1]的文体，小林秀雄[2]的文体……此类例子不胜枚举，这就是文体。

但是，川端先生的杰作是完美的，却又完全放弃了解释世界的意图，这样的艺术作品究竟是怎么回事呢？这是因为他其实不惧混沌，也不惧不安。不过，这种无惧无畏宛若在虚无前拉开的一根丝线。它与希腊雕塑家畏惧不安与混沌，于是在大理石上寄托造型意图正相反，与端正的大理石雕刻以全身之力抵抗恐惧也完全相反。

川端先生作品中的无惧无畏，与他在生活中常被评价的“胸襟”“度量”“大胆无敌”等表达里所暗示的特质完全一致。先生在生活中大胆到近乎虚无的无计划性，与他在创作时放弃结构的态度也十分相似。先生恐怕没有一部作品是成稿后直接出版的，全是应报纸约稿以连载的形式完成。接下来的这番论述，我并没有细致地查过先生的作品编年，如有错误，还请指正。像《雪国》，中途停笔，一直拖到战后才完稿。《千只鹤》和《山音》也是，想着已经写完了，结果又刊出新章节，历时多年才完成。就算完稿了，他也绝对不会设定戏剧性的大结局，所以读者也弄不清楚是不是真的结束了。从这一点上来讲，泉

1 森鸥外（1862—1922），日本小说家、翻译家、评论家，著有《舞女》《阿部一族》等。

2 小林秀雄（1902—1983），日本文学评论家，著有《种种意匠》《私小说论》等。

镜花[1]乍看风格相似，却在等同于通俗小说的《风流线》中以希腊悲剧般急剧性的结局收尾，与先生恰恰相反。

川端先生这种无惧无畏，这种通过让自己无力来排解恐怖与不安的不战而胜的生活方式，是从何时开始的呢？

想来，恐怕是从孤儿的成长历程里以及孤独的少年与青年时代中培养出来的特质吧。像先生这样拥有极度敏锐的感受力的少年，没有受挫、没有受伤地成长起来，几乎是让人难以置信的奇迹。不过，在声名鹊起的青年时期，面对自己蓬勃跃动的感受力，先生也的确曾感到自我陶醉与享受。先生说他很讨厌的《化妆与口哨》里，鲜明锐利的感受力几乎一直在舞蹈。这虽然是很罕见的例子，但感性始终如小说中的行为一般，自然地发挥着作用。

先生的感受力在他的创造中成为了一种力量，这种力量同时也是一种天然、巨大的无力感。为什么这样说呢？因为强大的理性可以重构世界，而感受力越强大，内心就越需要容纳世界的混沌。这就是先生的受难形式。

但是，如果这个时候，感受力开始求救，想要依靠理性，会怎样呢？理性会为感受力赋予逻辑与理性法则，感受力就会被逻辑逼入绝境。也就是说，作者会被带到地狱去。同样被先生讨厌的《禽兽》中，作者窥视到的地狱正是这个。《禽兽》是先生

1 泉镜花（1873—1939），日本小说家，著有《高野圣僧》《参拜汤岛》等。

最接近理性极限的一部作品，与横光利一[1]的《机械》十分相似，仿佛是借同种契机写成的。随后，川端先生毅然决然地背对理性，保全了自己，而横光利一却与之相反，沉入地狱与理性的迷惘中去了。

当时，川端先生的内心应该生出了对人生的确信。做一个可能有些跳跃的类比，这种确信就像十八世纪的让-安托万·华托[2]所抱的确信一样。确信要让情念归于情念本身，感性归于感性本身，官能归于官能本身，只要保持这种法则，使其不停滞，情念、感性与官能就不会受到破坏。确信虚无前拉起的那一根丝线，即使遭遇来自地狱的风吹雨打，也绝不会断裂。倘若是大理石雕刻，恐怕就倾塌了吧。

如此一来，川端先生意识到，在放任他人之前先放任自己，即是人生的奥义。另一方面，需要警惕他人世界的逻辑法则渗透到自身来。不过表面上还要轻松应对他人世界的法则。实际上，快乐主义有时会呈现出凄惨的外表，尽管我把先生的艺术与华托的艺术一道称为快乐的艺术，但距快乐主义不远了。

接下来，最重要的是必须蔑视生活。为什么呢？因为一旦被放任的自己在生活层面上变得重要，就危险了。如果被放任的自己表现出想要尊重生活、建立生活秩序或者破坏生活的意图，

1 横光利一（1898—1947），日本小说家，新感觉派代表作家之一，著有《太阳》《上海》等。

2 让-安托万·华托（Jean-Antoine Watteau，1648—1721），法国画家，画风为抒情性，带现实主义倾向。

作品就濒临危险了。我用词可能欠佳，但从这一点上来说，川端先生的人生实际上是很精明的。

说到这里，已无须赘言了。川端先生是一个没有文体的小说家，这是先生的宿命。他欠缺解释世界的意图，恐怕不单单是欠缺，而是自身积极地放弃了这种意图。

以那些深居在抽象概念城郭中的人的眼光来看，川端先生的生存方式仿若一只蝴蝶在虚无之海上飘荡。但是，谁又知道哪种方式更安全呢？

如前文所述，如果这样的川端先生被塑造成一个彻底孤独、彻底怀疑、彻底不相信人的人，那只是一个黑暗传说罢了。先生的作品中其实常常出现对生命的赞颂，他对如伟大母亲般的小说家冈本加乃子[1]的倾慕也是出了名的。

不过，对川端先生而言，生命等同于官能。那种乍看如专门领域作家写就的情色性，也是先生长久受欢迎的原因之一。但是关于这一点，中村真一郎先生曾对我说过一段有趣的感想。

"最近，我找了好多川端先生的少女小说，一口气读完了，写得真好啊！很色情哟！比起川端先生的纯文学小说，那才是活生生的情色文学啊。这种书给孩子看，好吗？大家都觉得这是川端先生写的少女小说，很安全，于是给自己的孩子看，那可是大错特错了，难道不是吗？"

这种情色性，当然只有大人才能读懂，中村先生只是用

---

1 冈本加乃子（1889—1939），日本女小说家，著有《老妓抄》《病鹤》等。

了悖论式的夸张表达罢了。然而，他的感想却唤起了我莫大的兴趣。

先生作品中的情色性，可以说是他对自身官能感受的流露，但更贴切的理解是：他对官能本身，即对生命的态度是——永远不抵达一个理性的归宿，而是不断接触，或者说是不断地尝试接触。这种真正意义上的情色性中有一种机制——对象，即生命，是永远触摸不到的。先生喜欢描写处女，就是因为只要是处女，便永远不可触碰。一旦被侵犯，便不是处女了——处女这种独特的机制，令先生感兴趣。写到这里，我被诱惑鼓动着，很想再谈一谈作家与描写对象之间、写作主体与被写客体之间的永久关系，可稿纸已经不够用了。

不过，还是试着潦草地归纳一下吧。先生把生命作为官能性的东西来赞颂，而这种方式与背对理性的方式，是配对存在的。赞颂生命，接触生命，最后都会起到破坏性的作用。如一根丝线、如一只蝴蝶般的艺术作品，既不破坏理性，也不破坏官能感受，像接受太阳照耀的月亮一样，只是沐浴着幸福的光芒，成为自己。

战争结束时，先生对我说过这样一句话："从今往后，我只能吟咏日本的悲哀、日本的美了吧。"这话听来仿若孤笛的叹息，却直击我的内心。

（王之光　译）